詩在旅途中

詩 語 飛 翔

琹川著

詩的透視
——小論琹川的《詩在旅途中》

魯蛟

一、

這是她在《秋水詩刊》上所寫的一個名叫「詩語飛翔」的專欄。如今集中起來讀，立即的感覺是，她當初之所以有此一寫，其目的無非是在替一直備受冷落的詩說話；是在幫孤獨度日的詩找知音。她把敏銳的視線，深深的射進一首一首詩作的體內，去透視詩的每一寸肌理和每一條血脈，找到詩的靈魂，探得詩的奧秘。然後，把她所看到的景況，所感受到的滋味，用溫馨細緻的文字，說給你聽，指給你看。讓你和詩作朋友，跟詩人結姻緣。讓你親近詩，也讓詩親近你。

五十多年前，前輩詩人覃子豪有《詩的解剖》，接下來又出現了一些關於詩的「解析」、

「鑑賞」、「誕生」和「完成」之類的專著，其用意，也莫不如此。若干年來，這個作為對詩的推廣，相信是有所貢獻的。

可是，寫詩容易論詩難。詩，可以藉基本功力和靈感之助完成。析論，卻必須要走完閱讀、吸收、消化、找到論點和表達方式這個程序才行。詩，固然有可能要數日或數月方得；然而，也可能匆匆乎瞬間即來。而論述，卻沒有這麼容易。因此，這是一項極為吃力的工作。琹川之所以喜而為之，其動機完全是來自她多年來對詩的愛戀和熱情。

二、

詩，有所謂太晦澀和太淺白之說、之辯、之存在。而琹川所選的析論對象，則是不玄不俗的中性之作。我欽佩她選擇和鑑別詩作的眼光與智慧。

三十二篇作品，篇篇都有其特有的光芒和重量。聚在一起，便締造出這個集子的價值，拉高了它的地位。

作為一個認真的讀者，我在它的身上獲得了以下的這幾個印象：

作者群具特色——所選作者包羅性很廣。依地域分，有本土詩人，也有域外詩人。域外的部分又分中國大陸（屠岸、北島、高家村、林徽音等）、蒙古（森・哈達、策仁道爾基）、印度的泰戈爾以及愛爾蘭詩人威廉・勃特萊・葉慈，和美國詩人艾蜜莉・狄金生（此地也有用「狄瑾蓀」和「狄金蓀」者）。如依年齡分，則有離世的前行者、高齡的資深代以及優秀的中生代和新生代。看得出來，琹川選人的條件是只在其詩，不問其人，就足以證明她選人和選詩的立場。

論述的設計和架構——對於析論文章，架構影響結構，結構影響內容。琹川在行文之初可能就已經注意到這一點了。所以她對文章的佈局，大概都分四個區塊，那就是原詩原句的引用（擺的位置視情況而定）、析論（即學術意見）、己見的溶入（個人的生活經驗和生命觀點）、以及引進詩人或另位詩人的詩篇，來印證、支持、強化她的看法。例如她在談論葉慈的〈當妳年老時〉，就提到他的另外兩首詩——〈催夜來臨〉和〈走過柳園〉，甚至還引進了法國詩人龍薩的詩。當她談到陽荷的〈落葉〉時，就找來美國女詩人克莉斯丁娜的〈輓歌〉來並比。

這是一種寫作技巧，也是一種論述藝術，它可以讓這篇文章增加深度和佐證功能。

這是許多評論者常常採用的一種策略。文化評論者南方朔寫了不少論詩的文章，其中很多是採用此模式的。例如，他介紹布萊克的名詩〈天真之兆〉時，就舉女詩人丹尼絲・萊佛朵芙的〈井中之砂〉為例。在推崇美國詩人馬斯特斯的〈匙河集〉時，就把英國詩人華滋華斯的〈得與花〉請了進來。

半是散文半是詩——作為詩人的琹川，舉筆為文，詩蹤處處，她的小說（較少量）和散文裡，總是擠擁著詩的細胞，流動著詩的血液。她的論述文字，自不例外。試舉數例如下：

「宇宙真空無生無滅，萬物也無生無滅，只是由一種形式，轉換成另一種形式存在著」（讀林煥彰〈我在風裡〉）。寥寥數語，哲理妙句。

「不知何時起，獨行的路上，總會有起落的雨聲伴隨，專注沉溺的世界裡，細微的聲響頓時無邊無際的擴大，那雨如一張巨大的網，漫天覆地的傾落，逐漸佔據了整個宇宙」（讀鄭智仁的〈驚〉）。

「愛情，是天上的星星，地上的花朵；是青春的夢影，生命的華彩。」（讀高家村《一場薄命的愛情嘆息》）。

「所有的青春都在樹梢點燃，化成一隻隻紅豔的蝴蝶飛向青天；所有的夢想都藏在吉他的流浪裡，天涯海角總有浪漫的音符相隨；而所有的愛情都在雙輪車籃裡美麗著，一朵朵純真的野菊迎風……它是生命裡的鄉愁，默默之中撐持著往後的人生」（讀鄭愁予〈小小的島〉）。

論述文字的詩化、散文化，最大的特色是，透過柔細的抒情語言，把呆板生硬的說教氣氛，逐出論述篇章。相信，這將是一種趨勢，琹川開了先河。

此外，您看看每篇文章的標題，下的多麼典雅多麼美，多麼散文多麼詩！

生命　生命　生命——琹川是一個擁抱生命、熱愛生命、最懂得生命真諦的人。因此，在她的這部作品裡，常常出現「生命」二字（三十二篇文章有二十九篇裡提到這個名詞）。不但給它一個位置，還要闡述它的意義。

事實上，生命是萬物之源，它應受到絕對的尊重。琹川就是這麼一個人，她把她的生命觀放進一些適當的章節裡，讓它與原詩的意義並坐，一起發光：

「生命，總有一些什麼，以顯現其存在的意義或價值，比如對真理的追求、理想的堅持、真誠的勇氣、不屈的意志等等……」（讀孫謙的〈被砍倒的雪松〉）。

「生命之河總有流到盡頭的時候，當年華逐日老去，紅潤的雙頰乾癟如枯葉，面對蒼茫暮色，那時的你會在哪裡？你將選擇怎樣的一條歸路？」（讀葉慈的〈When You Are Old〉）。

「在無垠的生命裡，生生世世流成了永不停息的恆河，死亡是另一種新生」（漫讀泰戈爾的《漂鳥集》）。最後的這一句，勇敢的說出了對生命的看法。

看那頻於變換的身影——自首篇上場到結集成書，是一個有歡樂有艱辛甚至還有煎熬的過程，琹川一步一步的走完它。我在掩卷小歇時，她那些走過的畫面，時不時就會出現在我眼前：

——開闢專欄之時，她站在文學的大野上，遙看詩的礦藏又寬又深；部冊千百，卷籍疊疊，怎麼樣探索？怎麼樣尋覓？怎麼樣揀選？思索、分析、抉擇、缺一不可！

——即使把詩選好了，如何進入它的門庭？即使進去了，用什麼姿勢、什麼語言、什麼技巧和它對話？如何自它的身上取得那份奧秘、那份精髓？即使取得了，如何向專欄的讀者轉述和表達？

——日積月累，年年有成，面對著這厚厚的一大本剪貼簿，伏案沉思，昂首輕嘆，是不是可以出一本書了！如何出法？什麼版本？什麼封面？找誰設計？

——初樣出來了，有了書的雛型，喜悅悄然而至，可是，是不是請人寫篇序呢？找誰寫？人家會不會答應？如果不成，再去找誰？

溫柔的女子，雅靜的詩人，這樣的擔子是夠重的。好在書一出來，所有的負荷就會杳然遠去！

三、

認識琹川已經有好多年了，但是碰面的機會並不多，有時候在一些文學活動場所偶然相遇，也只是點頭示意，或是短語一二三。即使光憑這麼一點點的印象，我就可以很明顯的看出，她是一個言語、行動廣受好評的女孩。學者顏崑陽說她是「浪漫詩人」，詩人涂靜怡稱她為「夢一樣的女孩」，而詩人麥穗則讚美她為「集美的焦點於一身的琹川」，三人說得這麼清楚，我真是沒有更好的字眼來形容她了。不過有一點，每當看到她的人和讀到她的詩時，就會想到清純和淨潔；想到花朵和玉，以及童話。

出身中文系、國文老師、詩人，集三種角色於一身的琹川，默默的寫作，默默的教書，默默的為人。行事，不多言不招展；寫詩，守本分不作怪。文品、詩品、人品，品品皆優，是台灣中生代女詩人中的佼佼者。

此外，我要提一提與琹川有關的兩件事情：

琹川從文甚早，立足詩壇大約有三十年了，其中有將近二十年的時間，是在「秋水」這個團隊這個大家庭裡，協助主編詩人涂靜怡處理編務及社務。多年來，他們參加文學性活動時，就會看到，琹川總會跟隨在涂靜怡身邊，大姐大姐的稱呼著，謙恭有禮，宛若姐妹。

民國九十六年，著名的微雕大師陳逢顯先生替台灣三十位詩人，各寫一首用放大鏡才可以看到的詩人作品，筆力細微，出神入化，成為詩人們的重要收藏。這件事，就是由琹川居間奔走協調而成的。

琹川這個專欄，起自民國九十二年的一月（《秋水》第一百一十六期），止於民國一百年十一月（《秋水》第一百五十一期），前後長達九年。《秋水詩刊》的主編涂靜怡在一百五十二期的〈編者的話〉裡，有了這麼一段文字：「琹川寫了九年的『詩語飛翔』專欄，詩友們都超喜歡，也足夠出一本書了。她從這一期起不再寫了，她想多留一點時間在繪畫上。」

如今，我終於看到這本即將問世的書了。槼川，下一本呢？可能是一部畫冊吧？

民國一百零一年四月　台北

詩在旅途中——詩語飛翔

目次

詩語飛翔

因為自由，所以飛翔；
因為飛翔，所以來去自如；
你的天空我的版圖。

關於《詩語飛翔》

美國漫畫家梭・史坦堡（Saul Steinburg）以線條簡單卻含意深刻的作品，引人領略其中豐富的畫外之意。一條線可以連結、創造出許多景物，它是橋面、桌沿、晾衣繩，而讀者更可以讓這一條線再跨出框限，繼續延伸出無限的想像空間。

詩作品常常也有一條內在串聯的線，引領讀者進入作者詩的世界中；然而讀者也可能是再創造者，乘著這條詩線，展開想像的羽翼，兀自飛翔了起來——

與詩邂逅的早晨

——讀莫非的〈燃燒天堂〉

你是我夢想之地，孕育詩般情懷之源，你是我日思夜想渴念的天堂；然而你亦是如此的可望而不可及。直到那個早晨，彷彿上帝聽到了我的禱告，世界頓時燃亮，你從光輝之中走來——

詩一開頭，作者以故作平淡的寫實筆觸敘說：「早晨，我在巷子口看到你／曾經讓我掛念的孤影」表面讀來似乎是一種不期然而遇的口吻，然而背後蘊藏的卻是一份日日「苦尋」的澎湃、深切之情。接著作者仍極力內斂著自己欣喜的心情，「我也想到了我未完成的詩」，事實上，你就是我未完成的那首詩，我日夜獨自擁抱的戀慕，它是無以言喻，無法用世俗的法則去詮釋、說清，因此這首詩是「沒有文法的句子」。雖然沒有文法，卻永遠圍繞著一個主題，那就是你——「你的臉龐是最好的標題，閃爍著／蜂蜜加上燃燒天堂的香醇」，所以日夜縈繞腦海，攫取我心魂的臉龐，就是最美麗、最貼切的標題，它是如此的耀眼照人；你的清新甜美，默默引燃我內在的光與熱，那份無怨無悔願意付出一切的誠摯真情，我看到生命因為如此純粹的愛，而散發出醇美的芬芳。

這份熱情終於斂抑不住而熾烈地燃燒了起來——你的出現使這個平凡的早晨變得如此地神奇。也許是期望太殷切而產生的幻想，亦或是赤忱的熱情果真打動了你，於是「我終於看到了：／火紅的文字與你一起回首走來／詩句在早晨的心跳之間搏動起來」，你的回首，頓時使得每一個字句為之燒亮、發光，呼應鼓點般強力的心跳，燃起的希望，熠熠燃燒著的夢想，詩的完成遂有了最輝煌、最美好的展望。在長期的等待，黑夜之後重現的曙光，充滿著活力與生趣，彷彿新生般，我的心跳呼應著早晨的脈動，如一顆生機盎然的種子，咚咚地躍動萌發——

詩中作者以「你」而非「妳」，或許是不願受限於性別，也可能另有寓意，除了是仰慕者之外，也許作者所追念其實是另一個自己——那個熱愛詩歌，不受世俗拘限，充滿理想、熱情而浪漫的自己；雖隨著年歲增長，忙碌的現實生活及責任的羈絆而逐漸遠離的那個美好的自己；卻常在夜深人靜，或獨處時伺機闖入。於是在一個陽光爛漫的早晨，作者踽踽獨行的巷口，因現實的冷落，而顯得孤單、落寞的那個自己又回到了眼前，他看到了昔日青春煥亮的臉龐。詩中「燃燒天堂」可以有許多的聯想，也許是作者過去熱愛的一種咖啡名稱，也許是對光輝耀眼的青春之追懷，作者既以它為詩的標題，恐早已跳脫實物的名稱而成為一種詩意的象徵了。於是作者看到當年的自己偕同熱情赤燒的詩句一起向他走來，與他合而為一，他感覺日漸平淡的生命脈動——詩的脈動又重新甦活躍動了起來。

莫非的詩，情感內斂而自然真誠，意象鮮美優雅，沉穩中流露出豐沛的情韻，頗為耐人尋味。〈燃燒天堂〉一詩，短短的九行中，作者將那份戀慕的心情描繪得淋漓盡致，尤其「沒有文法的句子」、「臉龐是最好的標題」、「火紅的文字與你一起回首」等句子，意象都非常的鮮活出色。當然「燃燒天堂」的用法更是動人，燃燒的是那份年輕義無反顧，可以放棄一切的最美好的熱情，生命最精華的部分，煜煜閃現出愛的光芒，不僅富有新意，也具有戲劇性的內在張力和想像空間。

【附錄】

燃燒天堂　莫非

早晨，我在巷子口看到你
曾經讓我掛念的孤影
我也想到了我未完成的詩
沒有文法的句子
你的臉龐是最好的標題，閃爍著
蜂蜜加上燃燒天堂的香醇
我終於看到了：
火紅的文字與你一起回首走來
詩句在早晨的心跳之間搏動起來

魔樹的呼喚

——讀洪揚〈蜂之戀〉

風來了又走，花開了又謝，萬物嗅著天地中神秘幽微的氣息，依時興凋，彷彿這劇本早就寫好了，情節的安排與結局的變化，皆已設定明白。然而聚散如浮雲，分合若情緣，生命的流程，卻又如此的詭譎多變，難以預測，自恃聰明的人類，依表象而推演，遂有個人意念主宰，掌握命運之說。

而人果真能掌握命運，或者自以為「掌握」的背後，事實上仍被某種未知的力量所設定著。

我是隻喜瑪拉雅的蜂
宿命在山麓與魔樹之間
當野性的舞步跳盡

雀躍
為下一場遷徙

在印度的喜馬拉雅山有一群蜂，每年要飛行千里，到遙遠平地上的一棵魔樹上築巢。他們藉著舞步傳遞訊息，昭告同伴之後，便開始了漫長的旅程。途中或許歇落於某些村落，但從不築巢，只以身體相疊成巢，將母蜂裹在中間。

也許途中饑渴
沿路疲憊耗盡我的生命
然而智者總能開釋
靈魂
肉體在巢內重生

艱辛的行程難免有不幸死亡者，卻也有相繼新生者，生死輪轉，生命在不斷的生生滅滅中延續著，只為了那世世代代的使命——尋找那棵宿命的魔樹。於是在油菜花掌起千柱粉蕊，綻成一片金燦花海的季節，牠們找到了魔樹，開始採蜜、築巢並且繁殖。等季節一過，又千里跋涉飛回喜馬拉雅山麓。年年如此，代代相傳，路途雖遙，牠們卻從不迷失，永遠有辦法到達目的地，如此清楚而篤定，誰說蜂族們不具有著某種智能呢？彷彿魔樹是磁場，牠們天生受其感應與牽引，體內自有一張清晰的路標圖。

等這一世機緣孕育成熟
我將再度和你並肩
飛過前世的風光
來到心屬的魔樹
築巢
不論候鳥過境與否

在交迭的生生世世中，如果是命定的情緣，幾度擦肩之後，總有再度攜手同行之時，共同將巢築在夢想的故枝、心靈的天堂，不管其他生物的來來去去，世界如何的變化迅速。喜馬拉雅山的蜂族們，依舊堅持他們自己的生活方式。

全詩至此，作者的意圖已隱然而現，是的，它可以是一首情詩，在流轉的生命中堅持的追求。而作者一開始也直指自己是喜馬拉雅山的蜂，藉著蜂群的習性寓意，漂泊之必然，等待之必然，追尋之必然，若是命定，只要堅持不渝，終有相應的一日。

近代生物科學家研究出，在許多生物體內（包括人類），都存在有感應地球磁場的細胞，這些細胞均曾被發現帶有磁性顆粒，由氧化鐵組成，被認為是感應地球磁場，用以辨別方向的重要證據。

因此萬物之間相應的磁性強弱，相吸抑或相斥，或許早已有其內在的感應機制吧！誠如魔樹正是喜馬拉雅山蜂族們宿命的磁場，牠們藉著磁性的感應與牽引，沿著內在的路標圖追尋——而比翼相隨是你我命定的宿願，生命中相引的磁場，因著這已然存在的未知力量，讓我在幽幽世代裡、茫茫人海中不斷地尋找。

知者艾克哈特・鐸利曾說：「你這個世界，是為了使宇宙的神聖目的，得以實現。」世界萬物在宇宙的意志裡演化運行，因此人類與眾生是一體而非隔離的，意識的全光譜包納了物理和非物理多重實相向度，本體是永恆的，形式有生、有死，而喜馬拉雅山的蜂群讓我們覺知了形式之下的永恆。

我們在宇宙意志的設定裡，於幽渺時空中，如魔樹的呼喚，彼此有著命定的相引磁場，藉著覺知與愛，成全這圓滿意志的追求。

洪揚的詩，因勇於嘗試而變化著各種不同的風貌，他的短詩靈巧精美如：

「也許該去問問野鶴／頭上被木魚敲腫的是苞／還是無緣萌芽的種子」（〈春雨〉）

「前進是一步／後退是半生／我在路上寫意／一幅幅季節的生滅之美」（〈路〉）

他的作品多數為抒情詩，婉美清新，細膩深刻：

「綿綿蓮田珍鎖一個夢／今夏且叫南風薰紅／如我一路著火的眸／尋你　楚楚頰暈」（〈在水一方〉）

「不過是幾行字／字字墜成蝶屍／殘翼在心室顛沛」（〈送你一朵玫瑰〉）

「熱情啊為何冬蟄／幽暗裡深守／一支濡濕的火柴／點不燃的世間承諾」（〈浴火〉）

他的長詩似江河而下，清暢豪放：

「一杯子玫瑰／一杯子飄泊／是多情／是灑脫／是無緣之緣／是無結果的花朵／翩然來去使歲月著火／轉眼冷落／月光杯裡的我／紅塵依舊不能淡泊／／不能淡泊／正應高粱來和／激情當舞曠野之歌……不醉的容顏／邀月飲天／廢墟裡營火放它湮沒／且見我姿態／不慟不艾／躍馬縱身——／再入紅塵」（〈玫瑰紅〉）

他喜歡看Discovery對於動物有民胞物與的悲憫襟懷：

「那刀進以誘人的弧度／挑動舌尖銷魂了味蕾／世人為之瘋狂／愛上你冰釋後的身軀／以為人間天上」（〈藍鰭鮪〉）

「然而英雄怎會陣亡？／當雨季來臨／草原上的祖靈將會再度呼喊／一場場生命與生命的追逐／在日落與地平線間」（〈Tear Mark——獵豹〉）

他寫歷史、古蹟，出入時空，蒼古悲涼：

「葬我於伊金霍洛／那蒼狼和白鹿的搖籃之地／復以千軍萬馬踏平／大漠之北只留／蒼

鷹翱翔」（〈一代天驕〉）

「塔裡的鐘沒人記得／何時曾經響徹／當一切回歸靜寂／金色古城／褪成瞳裡你的嘆息／一如端詳那杯／半截探出沙漠的月眉」（〈敦煌〉）

更難能可貴的是他還有一顆晶瑩純稚的童心，因此他的童詩別具一格：

「老天爺一定也回家了／我看見西邊的天空上高掛著一盞明燈／不知道祂要不要寫作業／老師說：要隨手關燈節約能源／我已經很累想睡覺了／老天爺的電燈還點著／希望明天祂不會被罰蓋房子」（〈老天爺的電燈——月亮〉）

「有一天／來了兩隻大怪獸／硬硬的頭殼長著五根手指頭／一口吃掉我的好朋友／房子塌掉了／大家到處躲／最最最後只好離家出走」（〈米蟲〉）

「雲口袋掉出的童年／跑去追逐一大群水花／／玩累了／擠著牆腳嬉鬧／竟在綠色的傘下睡著」（〈下雨〉）

洪揚讀的是「自動控制工程學」，在科學園區工作，與詩扯不上任何關係，但我認為一個人若體內蘊藏著詩細胞，猶如迎向魔術的呼喚，是某種宿命，終有一天會尋隙顯露出來的。洪揚於生命幽谷之時，在詩的創作裡重又尋得了心靈的安頓天地。當然每階段的創作都是一種實驗與學習，走出更純熟、圓融的詩境，對於執著而認真的洪揚是可以預期的。

穿越雨中的幽谷

——讀鄭智仁的〈鷲〉

不知何時起，獨行的路上，總會有起落的雨聲伴隨，專注沉溺的世界裡，細微的聲響頓時無邊無際的擴大，那雨如一張巨大的網，漫天覆地的傾落，逐漸佔據了整個宇宙。本能地探尋出口，猶如黎明出現於黑夜之後，在最黑暗的地方，卻是蘊生光源的關口。生命回歸本體，回首時，雲淨風清，驚然那雨的蹤跡恍如夢裡——

頃刻間走到湖畔
凝視垂楊的哀傷，無息靜默
想像站在背光的懸崖
吶喊此生的疑惑

總是不知不覺間，驚然的發現習慣性的又踱回了昔日的湖畔，曾經絲絲柔情譜歌風中的楊柳，如今靜默地垂首沉思，彷彿哀悼著什麼。一切的光輝已然撤離，面對孤獨的影子，徘徊復徘徊，路——不覺中已走到了絕處，疑惑這未曾預料的困境，所有的吶喊只得到虛空的回音。

也想學獵鷹展翅飛越
向急需闡釋的白紙滑落瀑布般的書寫
讓琴鍵脫落的音符重新拼湊韻律
在吟遊的枝椏上開花結果
然而此刻已走到林蔭深處
等待時間讓一切回溯

依稀昨日，那年少閃亮的夢想，那風發的凌雲壯志，如今宛如天邊的一朵雲影，只是靜默地相對，欲言又止，怎麼路走著走著竟走到這般的境地？也曾收拾心情振作舉翅，學那翱翔的飛鷹，試著凌空越過這生命的懸崖；將滿懷的熱情傾洩，努力地書寫為生命註解；彎身拾起那散落一地的音符，猶如撿拾花葉上殘留的晶瑩，將它串成珠鍊，閃爍在時間的頸項上一般，試著重整走調的生活，編成一首流暢的歌；選擇詩的園地，一路歌詠行吟，辛勤耕耘，期待有一天，詩的枝椏上能綻放美麗的花朵，結出香甜的果實……但是啊，總不知不覺間又回到了舊地，走進了深邃的時光幽徑，誠如此刻，溯向溪的上流，任回憶的小粉蝶在眼前翻飛閃動——

但我驚訝的是分別以後
眼淚是否纍纍成串
或許燈該熄了
曾經反覆乾涸一條河流

那是如何美好的一段歲月啊，因為有了妳。總想著兩心相契，必能堅守不離，沒料到終究仍是分別了，這份錐心的痛，情何以堪。但我驚訝的是，妳的哀傷也許不如我的哀傷，多少個寂靜的夜晚，我一次次地墜入那段時光，任奔湧的淚水一回又一回的乾涸，或許我應該捻熄這盞思念的燈了。

當霧的形成，墜落，消逝
彷彿有陣急遽的雨我抵擋不住
神智朦朧任由飄搖的風雨疾速撕裂
殘餘的枝葉忽然發出細微的聲音
我向暗處走去
甚至聽不見了
驚覺那已非真實的雨

在淚水蒸騰昇華中，我清晰的看到那一片霧，橫在我倆之間，逐漸地凝聚轉濃，令人無法漠視，卻也束手無策，終因不堪負荷而滂沱墜落，這場急遽的雨狠狠的打在身上，彷如一棵樹被千萬隻風雨之手撕扯，無從躲避與抗拒，痛得人神智迷亂，昏天黑地。好長的一段時間，在那場雨中混然掙扎，遺失了自己。直到有一天，我聽到了細微的聲音，自那苟延殘喘的靈魂深處發出，我驚見自己的頹溺，開始省思這場雨的意義，我終於鼓起勇氣邁向黑暗深處，昂然面對那一段日子，那一片霧，不再被情緒與想像所誇大，雨聲竟反而變小而逐漸幽渺，甚而消失無蹤，隱沒於那一段褪去的歲月中。或許這只是夢中的一場雨，而我正自夢境走出——

本詩由驚然發現自己信步又走到昔日的湖畔，走入了過去那一段時光，到驚訝分手後情感的面對方式，進而省思那段衝突掙扎的歲月，當驀然回首時，驚覺已然是另一種心境了。讀來抒情流暢，多處意象的掌握都有不錯的呈現，我最讚賞的是詩的結尾，節奏簡潔，餘韻無窮，引人深思。

我在深沉的呼吸裡

——讀屠岸的〈呼吸〉

如一尾失水的魚，瞪著空茫雙眼，在孩子圍繞的加油聲中，父親張大嘴巴努力地掙扎著呼吸，卻終究無法將吸進的氧氣送入血液之中。那一幕情景彷彿從此定格，漂浮於時空，會在某個未設防的時刻闖入，夾雜著強大的情感波動與心痛。

呼吸很簡單，也可能很困難。呼吸是一個動作，是內在組織一連串的活動；呼吸是生命的原動力，是個體歷史的起始與終結；呼吸不斷上演著自然舞台的劇碼，辯證著存在與虛無。

我隨嬰兒的第一聲吶喊誕生；
我從戰士最後的拚搏裡消逝。
熱戀的心跳激起我奮蹄奔騰；

彌留催眠我寧靜的溪流停滯。

呼吸以不同的形色、速度充斥於我們週遭，生活因之顯得溫熱喧鬧。瞧！那一聲宏亮的呱呱墜地聲，金黃色的他正在陽光下歡欣的手舞足蹈；也許此時，也許二十幾年之後，在世界另一烽火瀰漫的戰場，呼吸灰黯地自那年輕的搏動裡逐漸撤離；但在另一個被愛點燃的青春軀體裡，他又赤紅沸揚地躍動著。呼吸無所不在，不變的是與個體的關係終有結束的一天；當歲月唱起了催眠曲，呼吸在藍色的河流盡頭，終於靜靜地睡著了……

我是無聲的音樂，潮汐的變奏。
我追蹤魂魄，是一切心靈的顫音。
我在億萬肌體的內部，我瀰漫，滲透，
教世界在動的韻律裡除舊佈新。

那優美沉緩的韻律，那發自心弦的樂音，你聽到了嗎？

一棵樹的呼吸，一片森林的呼吸；一脈月光的呼吸，一座海洋的呼吸；一個人的呼吸，全人類文明的呼吸；一個地球的呼吸，整個宇宙的呼吸。呼吸在物體裡，呼吸交織在時空裡，呼吸也在靈魂裡，呼吸悄然潛藏、滲入於有形無形之中，透過各種方式來顯現他的律動，他的演化，他的真理。

我讓生靈聯結成群落和群落。
我不斷積聚時間的分分秒秒。
少男少女們噙看我，老人依戀我；
懷著我，母親在清氣和晨光裡歡笑。

溪河流入大海，萬物各自聚結成族群；呼吸中，物以類聚，在空間的聯結擴展，與時間的累積變動中，滙聚出更大的力量與能源；誠如小小水滴可凝聚出浩瀚江海，呼吸平凡的存在於心靈的感知裡，更而造就出人類文明的巨大力量。那些年輕的男孩、女孩們以以充滿新奇的眼光看著他的蓬勃與瑰麗；而老人們面對將臨的黑夜，呼吸猶如和煦的餘暉，讓他們得以眷戀地翻尋回憶，印證曾經走過的足跡，確實具有某種深意。呼吸最後又會回到母親的懷裡，在慈愛的清氣，與充滿希望喜悅的孕育中，再次自我誕生與延續。

我在連綿的墳塋裡轉進又轉出，
於是我永遠、永遠地擊敗了死！

呼吸隨著寄主的死亡而脫離，又將在另一個軀體中甦醒。有如大地上躍動的苗火，這端熄滅了，那端又竄起。因此呼吸不再只是一個動作，一連串內在組織的活動，或個體有限的生命史；呼吸是不滅的精神，永恆的靈魂。

一般人常旁觀地看待呼吸，而作者卻以第一人稱「我」的立場來寫呼吸，我就是呼吸，呼吸就是我，化被動為主動，這是很特別的一種經驗與觀察角度。全詩由生而死，由小而大，由形下而形上，層遞推演最終又回到原點，彷彿投入水中的一個點，漣漪成一個圓，逐漸擴大，波與波，頻率與頻率相震動、牽連、重疊，拓延成宇宙生生不息的大圓。而詩末兩句，我以為傳達了作者的生命輪迴、靈魂不滅的觀點。

於是，呼吸讓我沉思，我在深沉的呼吸裡。

以一生的純情守望

——讀辛鬱的〈歲月篇〉

一生有多長？綿綿密密地交織著愛恨情愁，猶似那理也理不清情節的長篇小說；一生有多短？總在回眸間一眼看盡，濃縮成一滴淚，一幕定格畫面，或者一片清朗的月色。

或許生命不應以長短來看待，在歲月曲折難測的迷宮裡，如何不混亂、不迷失，而能認清方向，堅持找到真我的出口，也許才是它真正的意義吧！

多麼清脆的呼喚之聲
源自那日出之地
時光啊
一柄燦亮的匕首

鋒刃耕作我肉質土壤
你收穫血色五穀

在生命最初的子宮裡，無邊的黑夜，無邊的幽寂，潛黝的孕育中，只聽得生命之脈動逐日增強。忽地，一道光，如一柄亮燦的匕首，劃破了重重夜藹，誕生了！一輪光耀的太陽，那清脆的呼喚之聲，在天與地臍帶剪斷的剎那，如是宏亮！天地遂為之動容。此時我完美無瑕的素顏，正待刻刀的雕鏤，我更如一畝鮮沃豐美的田，等待時光的耙犁耕作，我將以真誠的血汗，收割赤子的五穀奉獻——我性靈的母親。

徐徐地一種迴響騰逸
自我溫熱體內
為你曾犁我植我
我回報你以生命的堅實

那是一種如何的歡愉相契，和諧呼應，我以全然的身心去感知、共鳴，彷彿我聽到熱情化成串串音符上升、上升……投向你美妙的曲譜。只因你過去以及未來，在我的田畝上所做的工，我將回報以堅實的承諾，以豐盈不虛的一生。

你可曾嗅及
一首歌在口腔裡
是怎樣一種花香
是風的甜意濡染我
我將輕唱如枝葉撲簌

我歌頌你，以魂以魄，以無法言喻的心香。你是匯集所有事物精粹的一線天藍，在我靈魂的窗口喚醒我。「就是這樣肯定／我尋找你像稻穗尋找／將之煉成黃金的風／我尋找你像花朵尋找／將之釀為蜜汁的風」，讓我「日日高舉而又／垂落於一巨大空白中的雙手，能成為樹的一枝一葉／請綠我為春天的一個片段」（〈我是誰〉）。我是如此地被和煦而甜美的風包圍薰染，我只能千根緊抓住溫暖的大地，以輕盈悅耳的清唱歌頌你，我生命的真實，我的——愛。

時光啊
當我觸及你
我便在滴滴融化
你是那巨大熔爐，恆以萬物為燃料
復賦以萬物各自的形

生老病死，萬物的萌長與興衰，四季的更迭從不曾止息，歲月之火熊熊地燃燒著，在這宇宙巨大的熔爐裡，萬物不斷的被改變、熔化、錘鍊，而於無時無刻的異動中，逐漸鑄造出自己的形貌。如果我是一塊鐵，祈請在煉爐之中不被摻以雜質而劣化，請你焠取鐵的本質，煉它成鋼吧！

守著你　我總將回歸
而在回歸時我將擂動
大地的鼓
猶似我常以思念擂動

那煙波浩渺的遠方
那遠方曾烙下我放牧的影子
曾使我夢碎
時光啊　如今我完好如昔
我恆在守望
總將蒞臨的生之完成

你是浩浩悠渺的時光，你是浮華蛻盡的無相之神，你是一片潔淨的清澈；你是一面天鏡，鑑照我生命的運行；你是蔚藍青天，是我純然性靈的皈依。只要追尋你，守著你，我終將找到回歸原鄉之路；屆時，我將擂動大地的鼓聲，宣告天地，歡欣慶賀我的完成。猶如我常戀戀回首那蒼茫漫長的旅程——如今所有的愛恨情愁已然燒盡，我無限感懷，並為自己的堅強引以為傲，歷練之後的本質仍完好如初，只因我從不曾放棄對你的守望，守望你，守望真我的完成，守望死亡的聖袍莊嚴地覆下——

〈歲月篇〉一詩流露出謳歌的氣息，在辛鬱諸多色調稍顯深沉的作品中，是篇較具有亮度之作。詩中可見作者如何時時堅守自勵，於生命的磨練中焠取精純本質，以求完整美好的回歸，那份真誠與執著令人十分感動。

辛鬱的詩作，往往展現出一個詩人面對生命深刻的思考和探索，他說：「我覺得有太多所謂文學作品只是水上浮萍，有著生命的樣式，卻無生命的質感。」因此五十多年來，詩人「生命的每一時段都被烙下了搏鬥、掙扎的痕跡，卻至今還不能停止。」他花了半個世紀的時間，仍不斷地在尋找那把走出歲月迷宮，開啟心靈之門的鑰匙，雖然辛苦勞累，然而詩人依舊堅定的說：「一點也不後悔」。

化作新泥還護花

——讀陽荷的〈落葉〉

「葉子的離開，是風的追求，還是樹的不挽留？」年輕的孩子以探詢的口吻問我。

「葉子的離開，是為了完成另一段新的旅程。」我如是回答。

生命可以有所掌握，卻也不盡然真能掌握。

英國女詩人克利斯丁娜（Christina Georgina Rossetti, 1830-1894）在〈輓歌〉一詩中，想像自己死後的情景：「當我死時，親愛的／不要為我唱悲傷的歌／不要在我墳上種玫瑰／也不要龍柏的濃蔭／青草會長在我的墳頭／我不再聆聽夜鶯／唱著痛苦的悲哀／／我夢見我穿過曙色／雨和露會給我滋潤／假如你願意，就記起我／假如你不願，請把我忘卻／／我將不見雲影／也不覺雨淋／那薄光不滅也不明／或許我記得如煙往事／或許我把你忘記」——那心境是超越了痛苦和思念，與悠冥時空合而為一的平和及恬然。

但相對於失去至愛的親人，又是如何的一種心情呢？「我依然要在回憶的窗口／找尋你眼眸底最深的溫柔／也不願讓黑夜來啄食／結疤的傷口」（〈思夢〉），回憶成了唯一的慰藉與止痛，在回憶的路上才能嗅尋你的氣息，擁抱你的存在。只是這綿綿無盡的愛，你是否感知了？若你已魂消煙散，徹底自我俯仰的時空中消失，我的愛將從此漂流無依，生命頓失支撐的力量，又將如何持續呢？緣此，我始終堅信你的魂魄仍戀戀於我，且以此信念，做為餵養我生命的食糧。

當塵緣已盡
讓我俯身向前
選擇在最靠近你的地方落下
儘管這樣我仍會疼痛
可我可以諦聽你月光下的心事
可以盛接你風中灑落的淚珠
在深深的泥地裡
有比葉脈更深的思念

鐫刻

悲莫悲兮生別離，如果離去是我無以抗拒的宿命，唯一的小小願望，便是讓風帶著我，在最靠近你的地方歇落，這是我僅能做到的了，縱使內心撕疼千萬個不甘願，對於無以抗拒殘酷命運渺小的我，只好安慰自己至少仍靠你這麼近，可以聆聽你託付月光對我纏綿的低語，吻接你深情的淚珠，而在深深泥地裡孤獨的我，只能任思念的根鬚蔓長，沿著月光攀爬，將刻骨銘心的愛寫在每一片葉上。

當生命必須墜落
抽離的痛
是深秋的傷口
如何安慰你
我要將碎裂的身軀
用心化成沙　揉成泥
再將前世的足音

留在每一粒風化的塵土裡
當你孤獨時　傾聽我
每個晨昏
為你滋養一生的新綠

啊！若真塵緣已盡，別離之必需，墜落之必需，我必得自你眼底，自你手中，自你的生活世界，全然地抽離。必然地，你的傷痛將一如我的傷痛，我日夜深切地感受這永遠的傷口，而已然飄落的我該如何安慰你呢？如果可以就讓我以這僅存的腐敗之軀，不捨之意，成沙化泥，再將前世的種種恩情愛戀揉入每一粒塵泥裡，鋪撒在你荒寂的心土上，當你孤獨無依時，請你用心傾聽，你必能感知我——時時刻刻試圖將所有的愛，努力地化成一抹新綠，重新燃亮妳的生命。

〈落葉〉及〈輓歌〉有異曲同工之妙，二詩皆為人對於死亡之後的種種想像，唯遭遇不同，心境自是有別。克利斯丁娜單純的假想自己的死亡，因此她可以死得如是超脫瀟灑，她扮演的角色是命運的主控者。〈落葉〉一詩的作者則是命運受害者，至愛的人驟逝，生命頓失依歸，在漫漫長夜深切的思念下，她以落葉象徵所愛之人，必須隨著宿命之風飄落，基於兩人的恩愛相知與默契，她遂扮演起已逝的至愛，擬想著對方對自己不離不棄的依戀，以及期望自己能自悲傷中重新振作起來的心情。是以詩中的「我」其實是至愛的「你」，至於「你」則是作者自己，陽荷不用真實性別的「妳」，而用「你」，大概是創作過程中希望有所轉換與抽離吧！

克利斯丁娜可以「出生入死」瀟灑來去，對於深情如陽荷者卻必須陷入「我執」的情感泥沼，所謂「愛到深處無怨尤」、「曾經滄海難為水」，落葉的眷戀無悔，一如陽荷的自身寫照，只因「君心似我心」，她在想像的情感交流裡，自我療傷，並尋得繼續走下去的那一線光。

期待著落葉滋養的那一抹纖纖新綠，他日茁長為撐住整片天空的一樹濃蔭。

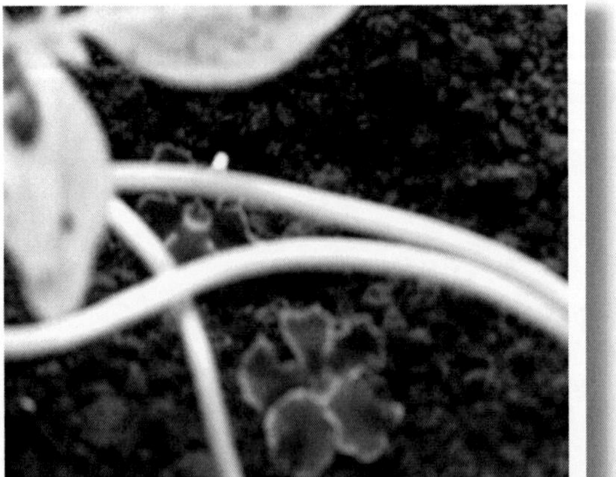

風花與雪月的對話

——讀碧果的〈臘月〉

那時間的走馬燈，轉動著春夏秋冬的圖騰，轉動著人生的四季，轉動著四季裡的容顏，轉動著容顏背後的情節故事，轉動著故事中演變的心境。只見人影穿梭在旋轉的時光裡，如是真實，又如此虛幻。偶一回首，季節已然遠成了風景，站在單薄的日曆旁，又將是一番如何的心情？

晨間靜謐的透著一股甜味
甜味中似鏡面的空氣，鮮美可口
牴觸的是他獨自在房裡出神
且著迷的觀看自己。

隱隱約約之中，他彷彿嗅到了由遠而近逐漸漫來的春天氣息——自花朵盛開的夢境裡醒來，依稀看到昨日的自己，聞到空氣中那香甜的氣味，仍如是清鮮引人，令人回味無窮，即使在這冰澈如水的冬日早晨，所有的塵埃，已在時間的睇視下，靜靜沉澱出一種如鏡的清明，天地醒轉，且將美好的展開。

只是身處寒冬的他仍眷戀著那青春的芬芳，獨自沉陷其中而出神了起來，他著迷地自歲月之鏡裡，觀看那自春天一路走來的自己——

乍然
他把頸項伸出啟開的窗口
看他平時看不見的地方
啊，指間柔柔的微風是春的蠕動
再不做他想或假設
親吻該是短髮的事

世界某一扇塵封的窗開啟了，他突然把頸項伸了出去，不再當局者迷，以旁觀的角度，他看到了平時所未見到的視野和境界。啊！他仍能感到微風拂過指間輕柔纖美的觸覺，屬於春天令人心頭發癢的觸覺，只是甜美的愛戀屬於年輕的歲月，此時倚在時間窗口眺望的他，已然走過季節的騷動，如水心境，再撩不起其他的妄想或遐思了。

故事就是這樣
除了赤裸的田畝，什麼也不存在
是有些反動和無羈
他把頸項伸出啟開的窗口
故事就是這樣
早已癮成為嗜為癖的自己

破譯　自己

無論悲喜，所有的故事都有個結局，所有結局也許不在於情節的走向，而是當事者回顧時的觀感與心境吧！或許那是在一段長長的歲月之後了。春夏的風花到秋冬的雪月，終究只剩下一片白茫茫的大地，一切都在時光之河中淹沒、消逝無痕了。

對他來說就是這樣，過去的已遠成了風，沒什麼可以留得住的，一切都不再存在了，除了那等待播種的田畝，赤裸的大地，至今回想起，是他最深刻的記憶與眷戀了，如此想法純粹是很個人的，他也不在乎別人作何想像。

或許也可以這樣說，流逝如水的時光，也帶走了一切，什麼是存在呢？最後終將成空，只有眼前所掌握的，才算是真正的存在吧！一如眼前冬日下那赤裸的田畝，等待春風一吹，又將展現出一片蒼翠。於是他把頸項伸向開啟的窗口，聞著臘月清晨靜謐中隱約傳來的芳甜氣息，新的一天或新的季節又將自他掌中展開——

是的，故事就是這樣，你可以往後望，也可以往前看，或者就像此時的他，跳出來看四季的走馬燈中自己穿梭的身影。不知從何時開始，觀看自己，解析自己，已成為一種嗜好、癮癖，且令他著迷的事了。不管風花或雪月，總是自己經歷的、眼見的最動人、最美。

而這些碧果藉著詩去實踐，他將詩視為人生中的唯一，寫詩、讀詩可以降低其對生存的焦慮與解脫人生中的寂寞和痛苦，他說：「寫詩是非常自我過癮的私我的事，我寫詩，純粹就是一心在寫詩，就是一心在自我過癮。」詩人這種理直氣壯，堅持自我風格的率真非常可愛，在各種創作領域裡，能自始至終具備這種純摯性格的人，皆極為難能可貴。

我以為不論是寫詩或從事其他的創作者，在某種精神層面上，多少都是帶有些自戀的傾向。由於碧果堅持寫詩的自我、私我性，以及他在語言文字上勇於嚐試、創新、解放的特立獨行，使得他的詩並不易被了解。碧果倒也很瀟灑，他說：「詩人活在於自我的象牙塔裡，也沒什麼不好。因為，每一位詩人都是為了要把他獨特的風格呈現。」

走過風花，走過雪月，走過人生的四季，走出屬於自己的一片風景。

寫在水上的詩歌

——讀高家村詩集《一場薄命的愛情嘆息》

愛情，是天上的星，地上的花朵；是青春的夢影，生命的華彩。猶如翅膀追逐天空，蝴蝶尋覓花房，當季節風一到，那千變萬化、聚散無常的雲，便一幕幕地上演著無數齣悲喜劇，撫慰著多少懷抱憧憬或受創悲傷的心靈。亙古以來，愛情恆以它自己的節奏、律動，自然神秘而又無以言喻的譜出人世間千古傳頌，可歌可泣的動人故事。

在愛情之前，靈魂顯得如此纖細脆弱，彷彿一只雪白的瓷，戰戰兢兢地捧著、呵護著，起先瓷身閃爍著夢與歡悅的色澤，逐漸地歲月之河流過，夾雜著離別的淚水，月光的相思，薄雪的嘆息，紅塵的痴愁，宿命的傷痛，以致：

「失手打碎的愛情／如瓷，握不住一聲嘆息」

「在遲歸的雪季裡抵達自己／除了瓷一樣的詩歌／我還能與誰相依為命」

「纖纖素手，揮落一地憂傷／深閨深處深藏的瓷／從夢中穿過／半床月光如水」

「一場愛情如此神秘而又易碎／病梅枯死風中／面對空空的杯子／充滿渴意」

愛情，常以殘缺、不圓滿的形式扣人心弦，令人魂牽夢繫，為之形銷骨毀，憔悴於四季風中——

「這是春天深處的傷痕／最美的淪陷／你在半張殘簡上獨坐／成為我多年的病痛」

「在江之南　誰的手指呢喃／在夜色中穿行　像一枚葉子／等待另一隻手的採擷」

「夜像一枝巨大的黑色玫瑰／被我的憂傷輕輕握住／從花朵到心痛／這是我給自己最後的祭奠」

「水上飄來伊的棹歌／岸上的我踩痛自己的影子／流年的蝶翅誤入風塵／從愛開始我退回內心／退回真實或虛幻的夢境」

「晚秋的蟬鳴聲／在一柄枯落的殘葉上／洩盡人間的千年滄桑」

那疼痛憂傷、漂泊流浪以及嘆息絕望，總在逝水與落花中，回首一瞥的闌珊處，在斑駁的墨跡香裡，這無藥可治的痴病，除了歸之於宿命以自我告解，又能如何呢？

「愛注定以水為家／以一隻鳥的形式生存」

「在宿命的殘簡中／我已經預支了前世和今生／用今生的無由之痛／打撈前世的無緣之藥」

「孤單的蝴蝶／怎能追得上比命運更輕的花朵？／而失手瓷質的愛情／在宿命的河流裡」

「棲身於命定的河流，被沉沙重重掩埋／我是一塊憂傷的瓷器／歲月漫漫而過／在最深的睡眠裡醒著／只有你能渡我的碎裂成蓮」

對於一個熱愛文學的人，文字書寫未嘗不是一種出口，甚而可收藝術自我治療之效。於是那個喜愛沉吟於古典經籍舊詞中，深情儒雅的書生，遂以詩歌託寄流落紅塵的千年痴病，吟詠這傷口開出的最美麗的花朵：

「除了瓷一樣的詩歌／我還能與誰相依為命／在命運的天空漂泊流浪」

「多少流水滄桑／被一隻鳥帶走／因水而傷的人／用詩歌打撈餘生」

「從花朵到心痛／詩歌不過是分行的墓誌銘／雪，不過是流水滄桑」

作者以書名擺明了這是「一場薄命的愛情嘆息」，故全書幾乎圍繞此一主題而抒發，全書共四卷，其中卷三「散落民間的愛情被誰傳唱」，作者有意擺脫鬱紆典麗的風格，配合民歌的情調，嘗試另一種較為輕快素樸的手法，如：「走西口，被雪覆蓋的小徑上／一顆西出陽關的壯心／往往被一首／佇立於村口的民歌／牽扯得徘徊不定」、「懷揣荷包／多少愛情行走在路上／從飄雪的北方以北／到流水的南方以南」。而卷四「遲來的季節怎能容得下早至的憂傷」，則是保留詩質文字的小品散文，內容仍扣主題以抒情寫愛為主，唯卷首「旅痕」、「聖域」二首四章，在一片沉溺氣氛中，倒難得一掃纖柔，而有蒼遠力勁，可惜短了些，讀來總有意猶未盡之感，或與作者試圖寫成散文詩有關吧！

愛情之河自古以來所以潺湲不絕，是因為夢想的餵養，心靈的垂釣，有人獲得，有人失落，有人徘徊沉思水畔，有人在得失之間醒悟。作者將那些優雅婉約的愛情故事，靈魂的喃喃細語，以文字收藏留念，或許在多年後的某個雨夜裡，會有人再度展讀——遂無端想起愛爾蘭詩人葉慈（W.B.Yeats）的詩句，就以之做結吧！

當妳年老青絲成雪，沉沉欲睡，
在火旁打盹時，且取下這本書，
細細地讀，夢憶往昔溫柔的眼神
以及彼此相契深邃的映影……

註：本文乃應大陸詩人高家村之託，為其《一場薄命的愛情嘆息》詩集所作之序。

隱在群星之間的容顏

——讀葉慈的〈When You Are Old〉

時間流過青春的臉龐，穿透寂靜的空間，輕輕地翻越抖動的葉面，消逸於黑夜深處。世界兀自抱著鐘擺，有意識無意識的晃動著；愛是隻貓蹲在屋角，嗅著時間的氣味追索來去飄然的影，寶藍色的瞳眸逐漸空茫了起來——

從蒼鬱的源頭奔躍而下，那生命之河溜過童年的彩虹，在滿佈星光下呢喃細語，編織愛的小舟；幾番風雨，獨自撐篙於晃盪的波濤間回首前瞻，不斷地探尋方位，思索人生的走向，不知不覺沿著歲月河岸，抵達了黃昏的深秋。遠眺冬雪逐漸逼臨，環顧歸路，可有一盞等待的燈掛起，一雙溫暖的手相握？或者滿懷憾恨，唯寒月孤影相伴？抑或彼時已眉目了然，浴著清朗的光，來去自如飄然遠揚。

生命之河總有流到盡頭的時候，當年華逐日老去，紅潤的雙頰乾癟如枯葉，面對蒼茫暮色，那時的你會在哪裡？你將選擇怎樣的一條歸路？

當妳年老，青絲成雪昏昏欲睡
在爐邊打盹時，且取下這本書
細細地讀，夢憶往昔溫柔的眼神
以及彼此相契深邃的映影

是的，終有這麼一天，我們都將老去，我想像著妳曾有的高昂的鬥志已被歲月消磨殆盡，彼時的妳正疲憊地坐在爐火旁打瞌睡，滿頭灰白的髮輝映著赤燒的火光，也許妳突然心血來潮取下了我的詩集，慢慢地細細地閱讀，妳憶起了昔日那些溫柔的眼神，以及一段相知且美好的時光。

曾有多少人愛妳優雅動人的神采
以真心或假意迷戀妳的美麗
唯有一個人深愛妳聖潔的靈魂

也愛妳紅顏易色時的愁惻

世人總是迷惑、追求於妳外在的美麗，因而看不清美貌終有一天會消逝，只有心靈的真善永存。妳終會明白我對妳的愛已超脫世俗，甚於妳姣美的風采；我深愛的是妳那執著於理想的追求，真摯高潔的靈魂，即使歲月在妳臉上刻下了憂思與滄桑，也無損於我對妳的真情。

俯下身在熊熊的爐火旁
呢喃輕嘆　如何愛已遠去
登上高高的山頂
隱藏於群星之間

回想這一生，為了革命志業，妳捨棄了我珍貴的愛情，此時或許會有些悔憾吧！凝望著赤烈燃燒的爐火，慨嘆青春何時早已燒成了灰燼，那美好的愛情、璀璨的華年是再也回不來了，妳彎下身把臉深深埋入雙掌裡，喃喃自語，傷感著愛已自妳手中悄悄溜走，且漸行漸遠，飄上了悠渺的高山，終究隱沒於群星之中。

〈當妳年老時〉一詩是葉慈預想情人年老時，玩味他的詩集，悟知真愛已遠去之作。葉慈是一九二三年諾貝爾文學獎得主，他的創作一般被分為前拉菲爾主義時期、崇尚簡樸時期、個人神話時期、回歸現實擁抱生命時期等四個階段。前拉菲爾主義時期的詩歌，唯美朦朧，亦稱之為後浪漫主義時期，詩風冀能達到夢幻而飄逸的境界；〈當妳年老時〉便是此時期的代表作之一。葉慈於一八八九年初識茂德（Maud Gonne）即驚為天人，但這位美貌的民族主義者，卻是個一心致力於愛爾蘭的獨立運動，把革命志業擺在愛情之前的女子，由〈催夜來臨〉一詩中：「終身是風雨與奮鬥／她的靈魂盼驕傲之死／帶給她一件禮物／因而她不能忍受／生命的一般幸福」，及〈走過柳園〉：「走過柳園／吾愛與我相見／她以雪白的纖足踏過了柳園／她要我淡然相愛，像葉在樹上生息／但我，年輕且愚，寧不同意」等之句，可見一斑。葉慈曾幾次向茂德求婚均遭婉拒，黯然之餘終身仍對其戀慕不忘，並為她寫了許多詩。

事實上更早時法國詩人龍薩（一五二五至一五八五）即寫過同樣的詩：

當妳年老時，在黃昏，點著燭火
坐在火爐旁邊，抽絲紡紗
吟詠著我的詩篇，讚嘆之餘說道：

「龍薩在我年輕貌美時歌頌過我。」
你的女僕們因勞累而半入夢鄉
一聽到這個消息，沒有一個
不被我的名字驚醒，欣羨
你芳名有幸，受到不朽的讚美。

那時，我將是地底無骨的幽魂，
在桃金孃樹蔭下靜靜長眠；
你將成為爐邊一名佝僂老婦，
懊悔曾驕傲地蔑視了我的愛。

生活吧，聽信我的話，別待明天：
趁今天就把生命的玫瑰摘下。

想見兩人的處境頗有相似之處，只是龍薩的口氣顯得驕傲自負，頗有「花開堪折直須折，莫待無花空折枝」的意味，力勸對方趁年輕要好好把握眼前的愛情。仿作的葉慈則委婉深情、真摯高雅，流露出淡淡的哀傷，他期望著情人能了解，真愛來時是要即時把握的，錯過了將如放飛的青鳥，再也回不來了。

【附錄】

When You Are Old——W. B. Yeats

When you are old and grey and full of sleep,
And nodding by the fire, take down this book,
And slowly read, and dream of the soft look
Your eyes had once, and of their shadows deep;

How many loved your moments of glad grace,
And loved your beauty with love false or true,

But one man loved the pilgrim Soul in you,
And loved the sorrows of your changing face;

And bending down beside the glowing bars,
Murmur, a little sadly, how Love fled
And paced upon the mountains overhead
And hid his face amid a crowd of stars.

在松香中測量生命的高度

——讀孫謙〈被砍倒的雪松〉

生命，總有一些什麼，以顯現其存在的意義或價值，比如對真理的追求、理想的堅持、真誠的勇氣、不屈的意志等等，使成為構築生命的骨架。之於人，遂頂天立地；之於樹，即剛挺堅拔。至於缺乏此骨架的無脊椎動物，永遠以匍匐的姿勢，受慾望所驅使，無定向地前行，終究如鴻毛，飄墜於無垠的雪地，尋不著一絲蹤跡。

尼采說：「具有最高尚精神的人，往往也具有最大的勇氣，所以他們能無畏的體驗了充滿痛苦的悲劇。正因為生命以最大的敵意朝向他們，所以他們才尊重生命。」因為尊重生命，所以每一次的磨練，都是自我的提升，即使形體死亡，亦無損其精神的不朽。

那些高大的雪松

隨著一個喧囂的黃昏倒了下去
沉悶的嘆息
將街上的人群和地上所有的灰塵
驚得四散奔逃

真正的先知總是孤獨，真正的智者總也是沉默。在那麼一個眾口喧譁的黃昏，彷彿慢動作鏡頭般，沉靜孤立的雪松們靜靜地倒了下去，風扶不住，夕陽也撐不起，最後只聽得一聲悶沉沉的巨響，那些闖禍的或圍觀的人群，以及背後紛紛擾擾的紅塵，頓時被驚嚇（或心虛）地四散逃逸。世界安靜了下來，黑夜即將來臨，在這充滿悲劇性的黃昏，倒在地上的雪松，有如倒下來的巨人，在風的輓歌聲中，天空升起了第一顆星——

你的驚愕
在被斧斫的傷口裡
滲出透明的樹液
它們是一些用骨髓思想的樹

你所見到的死亡
被松脂的清香瀰漫

死亡是什麼呢？紀伯倫的先知說：「只在你們從沉默之河中啜飲時，你們才真正能唱歌。只在你們達到山巔時，你們才開始攀登。只在大地索取你們的四肢時，你們才真正地跳舞。」「死與生是同一體，猶如江河與海洋也是同一體。」是以只有在生命的盡頭，靈魂才得以全然的解放，它是那潔淨瑩透的液體，自最痛之處，死亡的傷口汩汩流出，那是經歷多少風霜雨雪的考驗，才得以淬鍊出如此高潔的芬芳。因此在死亡的傷口，驚訝如你，聞到了質氣的清香，看到了精神的翺翔。

你曾從近處和遠處打量過那些樹
它們張著天使的羽翼站在那兒
在通往冥想的路途上
將巨大的沉靜投入陰影
投入完全孤獨的自我

其實你老早就注意到它們了，有時站在遠處打量，有時親近觀察，你看出了它們不與世俗同流的氣度，那抵禦霜雪而低垂的枝椏，彷彿天使的翅膀，永遠朝著一個真誠純潔的信念而開展。任憑外界如何的喧噪紛擾，他們總是貞靜緘默以對，在孤獨的國界裡，岸然挺立，任冥想飛翔，是的，再上升一點就觸及雲端了。

對於一棵樹來說
風格就是真相
在人和樹之間你看到了
內在的聯繫和難以名狀的命運
它們倒在那兒像弄亂的書頁
而你始終在書頁間留戀著
如一隻尋覓的蜜蜂
正被流溢的樹液一點一點地包裹

一棵樹或一個人，各自以自己的方式生存於天地之間，而面對的姿勢或脊骨的曲直，遂塑造出不同的風姿格調，真相就藏在這裡面了。站在生命的中心點，傾聽發自深處的內在呼喚，眼前是詭譎難測的命運，也許想起尼采所說：「世界上有種道路，除了你以外，任何人都無法行走。別管他將通往何處，勇敢的向前走吧！」誠如雪松，它們一生無畏地面對自然界種種的挑戰，未料卻遭遇人類的砍伐，但它們倒在那兒只是像被弄亂的書頁，並無妨其已存在的內容，以及被閱讀、當作典範的價值，仍足以讓景仰的人留戀其間，嗅尋著書頁中所散發出的清香，猶如蜜蜂之追尋花朵，寧願讓那瑩澈的芬芳點滴裹覆，甚至浸溺其中，化成晶透的琥珀，至少不與草木同朽。

雪松，不只是樹，也是人，更是一種崇高的精神象徵。

那是怎樣的一種高度，遠遠伸入雲端，源於無以言喻的信仰，踽踽於峭寒山徑，只因霧嵐深掩的峰頂，總有一盞星燈，靜靜垂下光梯，讓清澄的靈魂攀爬而上。

女歌原色的迴旋曲

——讀羅思容的〈源〉

那青翠葉面上，收集天地清潤之氣，凝聚而成的一滴瑩亮露珠，等待機緣成熟，於是告別樹的牽繫，吻落大地，展開另一段天上人間的旅程，如此反覆，生命隨著水的行蹤，一再地流轉——

寂靜

一滴巨大的水珠

破繭而出

靈動的手

招喚——

想起了美國女詩人艾蜜莉・狄金生（Emily Dickinson 1830-1886）的詩：「我的繭緊緊裹著——色彩似隱若現／我摸索尋找空氣——／翅膀所擁有的些許能力／使我目前所穿的衣服見拙——／／當隻蝴蝶的能力一定存在——／飛翔的潛能暗指／有莊嚴的草地／還有寬闊的天空——」宇宙間一些神聖的線索與暗示，唯有在沉靜的內省中始能觸及。寂靜，使渾沌沉澱出澄清，打開靈視的門，被困的心魂，逐漸有所感應而濕濡，終至凝蓄為一滴淚珠，牽動著巨大的能量與澎湃的波濤，衝破磊磊的暗礁，翻湧而出。猶如一莖嫩芽，喚醒一個春天；一聲蟬鳴，驚動了整座森林的歌唱；一個意念，可以改變自己或他人的一生。

身體有歌聲，如水
流入世界
一個細微的甦醒
萬物遍在

於是一滴水珠，牽引出一條河流的歌唱；日日夜夜我聽到那歌聲，流入我的身體裡，或者原本它就在我的身體裡，因著一次的觸發而覺醒，頓時另一個世界醒來了，萬物再次以嶄新的面貌呈現與存在。或許這也是另一種「蝴蝶效應」吧！我聽到潛藏在身體裡的歌聲，源源不絕地流出，爾後，流進了世界。

水的帳幔
激情幻想曲
美麗原是一場夢
分娩
一夜的星空

水唱的流金歲月，除了悲喜的雲朵，總蒙上一層夢想的霧紗，多少年輕的激情與天馬行空的幻想交織而成的綺麗歌聲，總被風中的蘆花搖白搖淡了。一路行來的青春繁華，回首間恍然如夢，終究也是一場夢，夢中每一顆星都曾孕育著一個願望，一顆顆地亮起，最後燦耀了整個夜空。

行過山巒、平野
天地不眠
靈魂的清響落落

狄金生如是寫著：「凝望夏空／即是詩，它未見於書中／真正的詩飛逝」。時間的步伐從不曾歇止，走過起伏崎嶇的山巒，走過朗闊空曠的平野，日出月落，冬去春來，天地運轉亦從不曾休眠過，而那自身體裡，自靈魂深處流瀉出來的清韻，仍一路瀟灑自然地唱去——人生的旅途因多變而豐富，如人飲水冷暖滋味總要親嚐，由舌根而通達至心尖，這流動的過程，便是詩了。

沒有止盡
讓我們重返萬物之源
在當下的呼吸
開始

逝者如斯，不捨晝夜。花朵在光中綻放，葉子於風裡飄旋。生命流轉著，心念流轉著，無止無盡，無始無終，在這流轉之間如何不昏亂迷眩？唯有回到生命的本源，心靈真純的最初，從每一個充滿觸感，明澈柔軟的當下開始。「無法知道曙光何時來／我打開每一扇門／是如鳥有羽／還是如岸有濤——」（〈狄金生〉），宇宙之間那無以言喻神秘的啟示，何時降臨？它將以怎樣的方式？無人知曉，但我打開了每一扇門，打開身心每個管道全然地迎接——

「源」一詩由水珠而水流、水夢、水歌，最後又回到水的源頭，彷如生命的迴旋曲，從召喚、凝視而後歸於寂靜。印象中畫畫、寫詩的羅思容，近幾年來致力於詞曲與歌謠的創作，繼二〇〇六年首次在紫藤廬舉辦「春日清吟」創作歌謠發表會之後，二〇〇七年春二度在原址又辦了一場「女歌原色」歌詩創作發表會。她期望透過聲音和文字，觸摸到生命的本質和美的最初顫動，以女性幽微直觀、性靈抒懷的美感特質，唱傳當代人文、自然與生命之美。文中一再引用了狄金生的詩作，乃因於直覺的聯想，這兩位女詩人在某部分的生命特質有其相似之處。思容選擇簡單清隱的性靈生活，讓詩與歌裱褙日子，構成生命的主旋律，於是，我們聽到了她獨樹一格的歌詩——

乘著黑色的翅膀飛翔
——讀北島的〈舊地〉

所有的光，總是背著影子行走。因此迎向藍天的羽翼之下，躲藏著黑色的夢魘；燦爛的微笑背後，閃著命運狡猾的眼神；每一刻現在，如瞬間的火花，回首時已是過去的灰燼；於是新生兒的第一聲啼哭裡，預言著死亡的悲鳴。

死亡總是從反面
觀察一幅畫

人們慣於循著光的方向，去觀看這個世界，所有一幕幕映現的影像，在光照之下，如是真實；殊不知光滅了，一切終將消隱無蹤。因此死亡所處的位置，正好與光相反，祂讓我們得以看到真實背後的虛幻。這一幅我們賦予所謂的夢想、意義的人生彩繪圖，當抽身而出以客觀的立場審看，或許會有另一番迥然不同的發現與評價吧！

此刻我從窗口
看見我年輕時的落日
舊地重遊
我急於說出真相
可在天黑前
又能說出什麼

隔著時間，我站在舊時的窗口，彷彿看見當日年輕的自己，眺望著窗外的一幅落日圖，當時的感受與看法，相較於今日，可以確知的已然有所不同。這之間隔著一段消亡的歲月，我站在時間的這頭，冷眼旁觀已逝的時間彼岸，泅渡過程的挫折與磨難，促使心智成熟。佇立在過去的灰燼裡，再次審視這幅熟悉的景象，對於落日（或者說死亡）的詮釋與體悟，自是另有一番心得了。

只是當我急於說出這自以為是的真相時，卻猛然發現，我只是站在年輕的下一站，再往更老的一站時，回首現在，今日所認為的真相，他日是否又將被自己推翻。因此在天黑或者在死亡降臨之前，我能夠說些什呢？除非站在死亡的那端，回首旁觀，或許我們才能看清楚什麼是真相吧！

飲過詞語之杯
更讓人乾渴
與河水一起援引大地
我在空山傾聽
吹笛人內心的嗚咽

而真相果真有確切的詞語可以陳述清楚？雖然所有的言語詞句，無非是為了詮釋解說或者溝通交流，但當它找不到最準確的字句，甚或產生太多的歧義與誤解時，詞語反而是多餘的，渴切的心靈尋不著平撫的管道，因而更為焦躁了。那曾經試圖滋引大地援導世界的河流，那一段意氣風發懷抱理想的歲月，已潺潺地流逝，一切歸於靜寂與虛無，風中只能獨自傾聽昔日的旋律，而那吹笛的人再也吹不出清亮悅耳的音符，徒留傷感低迴瀰漫於天地。

稅收的天使們
從畫的反面歸來
從那些鍍金的頭顱
一直清點到落日

大多數人耗盡大半生汲汲營營於金錢名位的追求，不知不覺中卻也繳出了他們最珍貴的靈魂，是的「死亡總是從反面去，觀察一幅畫」，那看似飛黃騰達、光輝耀眼的畫面，深入探求時，或許內涵早已空無所有了。萬事萬物必有其相對的定理，有得必有失，有光必有暗，有生必有死，而擁有一天的背後，相對的便失去了一天，因之生命賦予我們時間及一切，必也一點一滴的徵收繳回。

那稅收的天使們拍著黑色的羽翼，自逆光的方向而來，逐步收回每一寸光陰以及寶貴的生命資產。從每一個初升的太陽，每一個光燦的新生開始，猶如沿著光的年輪，同時也蘸上了黑影，追隨迴旋的光輪之後，從日出直到黃昏，而日落之後，便是無盡的黑夜了。

舊地，不只是昔日熟悉的空間，更是由這空間所引發出來的過往歲月，那些交織著夢想、悲喜的時光。舊地，不只是一段時空的追憶，更是人生的回顧，心境的遷異；每一驛站，都是一個個不同的境域，而回首時，皆成舊地，直至終站——因而此生，即是舊地。

在詩馥白的蕊心聽見雪融
——讀彩羽的〈開花了的果樹〉

窗前那啞默了整季冬的山巒，逐漸地吐出一朵朵鮮亮的綠雲，這裡一蓬，那裡一簇的；彷彿自冰凍的雪原，潺潺地傳來生命的歌唱，而這水聲，來自於詩的峰頂，信仰的國度。

看啦！
一株綠色的果樹
正在開花了，它的枝椏
低垂而沉重……
它將無言地長出許多無言的黃金

那翻出大地的綠雲，扎根於詩的泥土上「拼命地吸飲著／月光的乳汁，陽光的酒漿／／枝繁了，葉茂了／結著胖胖的蕾，燦開著／鮮妍的花，好像／一個靈魂的超升」（〈花讚〉）。詩人以詩思餵養著困頓飢渴的心靈，受安撫的靈魂，遂開出了一朵朵芬芳的花兒，繁茂地壓低了枝椏，如此美麗，卻也不可不謂之沉重，然詩人相信，唯有專默真誠的堅持此精神領域，必能預見那燦黃成熟的果實。

並且，它藉以把一個靈魂安放
而安放在一個遙遠的夢境裡
且復把自己的
也欣然顯露在沉默的枝梢

許多漂泊不安的翅膀，在這一棵名為繆斯的花樹上尋到了棲身之處，而融入花朵裡的生命因而獲得了安歇，更而得以持續那遙遠夢境的追求。於是詩人也欣然地讓自己綻成了一朵花，於歲月沉默的枝梢，站成一種超乎自己所能想像的風景。「像一永恆的夢境，慰藉了某些困倦了的靈魂／然而，它朦朦朧朧地慰藉了我！／因為，在這人間／一個影子，一種信仰，卻遠比

我們自身都要來的充實。」（〈花瓶〉）

看它花開花落而結成果實
在一個沉靜的空間裡
它，無聲無息地，給與我等堅強和信仰。

遂與那些在花朵裡找到身心安頓的夥伴們，一起開出時代的景致，而凋落是必然的，果實也是必然的。時間寂靜地流逝，那樹下嚐果的子民，或許也會在心中埋下了種子——對於美與真理的追求，然後長成一棵開花的樹。「我的負載是株古木／詩，如枝如葉如幹／且如其果實之纍纍／／等著夜／／駝負著它／這永遠向著碧空伸展的樹」（〈樹〉）。天地無言，心領神會，有情眾生；寂靜是詩極致的語言，在寂靜之中，詩人聽到了花香的呢喃，果實落地的聲響，彷如詩殿堂上的妙誦，化成一股力量，一種仰望。

我如默默誦著詩篇一般地
歷歷浸透於它光輝

而誦讀著的，不僅只是花和葉子的

那趺坐在殿堂前、在一片花樹之中的詩人啊！拂面的每一縷清香，每一朵花顏，都是一首耐人尋味的詩篇，如是晶瑩溫潤，有如浸浴在一片皎然的月光之下，無限的冥思遐想──「開放吧！花啊／在我詩的無垠世界綠野上／親吻你，以整個靈／撫愛你／以整顆心」（〈花讚〉）。那是一種永恆的精神追求，關於靈魂的超升；不僅是花葉的表象，更是內在性靈的對話。

向來蟄居台中的彩羽，曾言年輕時遭遇過許多的幻滅與躓礙難行，但他的心靈始終都在向他吶喊著：「追尋，追尋！向前追尋」這矛盾，是一種生命的冷。而他欲將這樣一種覆身冰雪揭去，於是他步入了這一生從未休歇過，詩文學的創作途徑。他說：「我設想用詩將自身解救出來，也唯其雪融，才有一點春之希望。」、「一個詩人枯涸了的心靈／他仍然對於詩的靈思深深懷著種種熱情與狂喜」。這也讓我想起了那三歲訂婚，十五歲結婚，從沒談過戀愛，甚至認為一生連自己都沒好好愛過的詩僧周夢蝶，在仔細省思之餘，篤定的說：「至少在這世間我愛過一樣東西，就是文學。」而《秋水詩刊》的掌舵者涂靜怡亦如是無悔地說：「把一首詩／望成一條路／長長的一生／願傾心與他共度」、「走過風雨／覽盡千帆／最終醉心的／依舊是

／詩的芬芳」，她以純淨的詩情面對人世的風雨，更而無意間拯救了許多掙扎於悲苦的靈魂。於是，多少詩人們，無視於萬紫千紅的繁華，只一心一意圍繞著詩馥白的蕊心，日日夜夜吸吮著那精神的蜜汁——

流映水鏡上女人與貓的影

——讀蓉子〈我的妝鏡是一隻弓背的貓〉

時光款款而流，千絲萬縷如髮，波動於明透的風中，流入鏡裡流出鏡外。如鏡的貓，如貓的女人，女人與她的妝鏡，映現出輪迴的四季，交纏了一生。

我的妝鏡是一隻弓背的貓
不住地變換它底眼瞳
致令我的形象變異如水流

喜歡貓的女人，總也帶有一些貓的脾性，溫馴又孤傲，敏感纖細又獨立自由，或琥珀或寶藍的瞳眸，幽深靈動，彷若是通往古老傳說的神秘入口。女人面對她的妝鏡，除了悅己的容顏外，更是認知自己的憑藉，鏡裡是另一個或許更真實的自我，忠誠地映現她華美的青春，如何一點一滴地流逝，她的喜、她的悲、她的思、她的愁。弓背的貓除了影射鏡子的形象之外，更是女人所看到的自己。當貓弓起了背時，正是對外在環境有所警戒的姿勢。而女人則看到了時間快速飛掠的背影。

一隻弓背的貓　一隻無語的貓
一隻寂寞的貓　我底妝鏡
圓睜驚異的眼是一鏡不醒的夢
波動在其間的是
時間？　是光輝？　是憂愁？

那背影眩閃著光芒，在拉長的時空盡頭，在妝鏡的深處。她驚訝的看到弓背的貓，瞳眸卻是灰藍的水色，緩緩晃漾的無言漣波，濛著一層霧紗般無以戳破的夢影。這如夢的人生，浮載的是時間的舟？是外在絢燦的榮耀？亦或是源自於生命的幽谷無可抑制的江愁？

我的妝鏡是一隻命運的貓
如限制的臉容　鎖我的豐美於
它底單調　我的靜淑
於它底粗糙　步態遂倦慵了
慵困如長夏

原應是揮灑春天的萬紫千紅，是水草蔥美的河，是雲羽霞飛的天空，是大地靈蘊的寶藏，而今卻只能嫻靜地守著妝鏡，女人和她的貓，被妝鏡的命運鎖住，被框限在鏡的形狀裡，無法飛躍，無法以優雅自在的方式行走，任日子逐漸慵倦成一支內容單調，缺乏裝飾音的歌，一如長夏的蟬嘶。

捨棄它有韻律的步履　在此困居
我的妝鏡是一隻蹲居的貓
我的貓是一迷離的夢　無光　無影
也從未正確的反應我形象

一如長夏的蟬嘶困住了季節，那曾經彈跳音符，輕巧優美的步伐，停駐且低伏下它的身子，蹲成了一面鏡。不再旋舞的青春，使得鏡中映現的晬色，如此灰暗、迷離且失去了焦距，這對於一個善於與自己對話的女人，是絕不願妥協於如此結局的。她的眼睛穿透妝鏡中那似乎已被時間亦或命運所馴服的貓，清晰地看到了妝鏡深處另一個真正的自我，她——絕非眼前所映現的影像。那隻弓背的貓，正蓄勢待發。

蓉子的詩溫婉中呈現明澈的體察，〈我的妝鏡是一隻弓背的貓〉寫出一個女子對生活的反省，對自我內在的探求。所謂詩如其人，貓亦如其人吧！對於貓，女人總擷取某些她偏愛的特質，去關注、欣賞牠。利玉芳的〈貓〉一詩：「原以為貓的哀鳴只是為了飢餓／但我目睹牠在寒冬遍佈魚屍的堤岸／不屑走過／然後拋給冷默的曠野／一聲嗚叫／發現那是我隱藏已久的聲音」，她的貓有著對現實物質不屑一顧的孤傲。而自古以來，女人與妝鏡的相互依戀，如形之與影，鏡裡的世界，流連著代代女子的悲喜情事。淡瑩在〈臨鏡〉裡：「鏡中三千根白髮／沒有一根不是灰燼，輕輕一撒手／便散成／風」，道盡了驀然回首時，那流金歲月，那曾經燦燒的光與熱，終究成灰，一放手便隨風而逝了，正是船過水無痕。一九九三年冬天，初為少婦的我在鏡旁寫下：「無言之言，有境之鏡」，十多年過了，我的〈鏡〉：「原來只是另一面牆

／以迎合的面目討好她／私下卻與屋子共謀／囚禁了她夢想的一生」，看來鏡裡也困住了一隻貓，離「有境」仍遠矣！朱陵曾寫過：「鐘與鏡放在一起／就像／流光與容顏／放在一塊／等待／誰吃掉誰」，時間與青春永遠是衝突的，誰能贏誰呢？原來都只是掠過水鏡上的影——

青春的島嶼愛的鄉愁

——讀鄭愁予〈小小的島〉

所有的青春都在樹梢點燃，化成一隻隻紅艷的蝴蝶飛向青天；所有的夢想都藏在吉他的流浪裡，天涯海角總有浪漫的音符相隨；而所有的愛情都在雙輪車籃裡美麗著，一朵朵純真的野菊迎風，沿著河畔的小路迤邐成一首清新的小詩。那樣的年代，令人懷念的青春歲月，格外地光燦耀眼，它是生命裡最美麗的鄉愁，默默之中撐持著往後的人生。

你住的小小的島我正思念
那兒屬於熱帶，屬於青青的國度
淺沙上，老是棲息著五色的魚群
小鳥跳響在枝上，如琴鍵的起落

小小的島之令人思念，因為島上住著朝思暮想的人，含蓄的表達方式顯然更耐人尋味，而小島也因而被想像加以美化了——這位於太平洋西邊的島嶼，宛如碧海中的一顆綠寶石，抹上愛情的釉色，更使得它通體燦美耀人，充滿了熱帶明亮奔放的光彩，彷若高更畫筆下的大溪地風情。這裡更有我們揮灑青春的癡狂與熱情，那清淺浪平的無憂歲月，往往棲游著綺麗自由、繽紛心情的五色魚群；各色鳥兒在青綠的枝葉間，精靈般閃跳，以清脆躍動的音符，譜彈生命的樂章。

那兒的山崖都愛凝望，披垂著長藤如髮
那兒的草地都善等待，鋪綴著野花如果盤
那兒浴你的陽光是藍的，海風是綠的
則你的健康是鬱鬱的，愛情是徐徐的

而那蒼鬱秀麗，披覆著光陰苔綠的藤蔓，默立於岸邊的巨岩，可是傳說中的望夫石？恆以眺望之姿，脈脈將千古的思懷散化成風，成一片離離的春草，盛裝著繽紛的鮮花紅果；豐美的野宴早已備好，等待的伊人，被風吹散的長髮綴著一朵純白的野百合，獨自漫步在崖岸上。明亮的藍與翡翠的綠，在天地之間渲染開來，於是陽光反射著蔚藍的光流瀉而下，海掀起透明的綠風迎面拂來，你矯健美好的身影，輕柔地在愛情的果盤上題下細水長流的深情。

雲的幽默與隱隱的雷笑
林叢的舞樂與泠泠的流歌
你住的那小小的島我難描繪
難繪那兒的午寐有輕輕的地震

天空裡，雲的魔術師在舞台上正千變萬化、聚散無常的演出，偶爾隱約幾聲雷響，慧黠地製造緊張懸疑的氣氛。大地上，茂密的林樹踏著風的拍子，手舞足蹈地擺動著；銀亮的水流蜿蜒閃現其間，追逐著光影一路奔流歌唱。寧靜美麗的空間背景，卻總潛藏著生命力的勃發與變動。誠如小小的島，十六世紀時葡萄牙人航行至此，驚訝其宛如人間仙境、世外桃源，忍不住呼出：「FORMOSA!」只是這般美麗的島嶼卻有著多舛的命運，在追求民主自由中歷經種種的陣痛，而承受的苦難愈多，越激發出島民旺盛的生命能量，猶如午寐的輕震，雖難免不安憂苦，仍須勇敢面對，因為愛的牽繫使人無所畏懼。

如果，我去了，將帶著我的笛杖
那時我是牧童而你是小羊
要不，我去了，我便化作螢火蟲
以我的一生為你點盞燈

為此，哪天我去了，讓我是引領你回家的牧童，而你是無憂可愛的小羊兒，行走的路上有我優美的笛音相伴。若是你仍憂心忡忡，迷茫於前程，即使我的力量渺小得無以扭轉時局，我仍許諾將以這微如螢火之光，一生無怨無悔地為你照亮前路，讓我的忠誠護你——得以安心無懼。

從〈野店〉到〈錯誤〉、〈賦別〉、〈天窗〉、〈情婦〉等膾炙人口、傳頌不絕的詩作，都是鄭愁予青春正茂二十幾歲所寫，卻在詩壇上引起了一股極大的「美麗騷動」，至今半個世紀過去了仍餘波盪漾。鄭愁予融合了中國古典詩歌的內在音樂性與優美凝鍊的抒情意境，創造出詩壇無人能及的風光。〈小小的島〉寫於一九五三年，是鄭愁予二十歲時之作，被視為典型的愛情詩，並曾收錄於國中教科書。觀其同期作品，我以為〈小小的島〉一詩中的你，或許可不必拘限於情人，誠如其將「海灣」比擬為「潑野的姑娘」，在「我以這樣的輕歌試探你」一詩中的「你」指的是「夏夜的海洋」等。

詩本來就可以多方指涉與解讀，尤其當詩人有所顧忌而隱時，詩的語言意象與所呈現的內在真實之間的通道，往往便會有更曲折的密碼，甚或外在的語言意象成了障眼法。一九九〇年鄭愁予在「詩與意象的奧秘」的演講中首次揭露了〈小小的島〉一詩的密碼，原來一直被視為愛情詩的〈小小的島〉，其實是在白色恐怖時代，詩人的一個好友因藏有魯迅的書而被捕，最後被送到火燒島（綠島）囚禁，詩人為表達其對友人的思念，又須避免送信過程中被扣留，遂改以情詩的方式傳達，此語一出，讀者始恍然大悟，原來小小的島指的是綠島，思念的人，不是情人而是友人。

詩之迥異於其它文體，在於其精練的字句與豐富的意象，它是文學中的鑽石，不同的角度可反射出相異的光芒，而讀者以個人的經歷及立場去面對一首詩，往往會有不同的解讀；即使是一齣戲劇、一部小說、一篇散文，予每個人的感受，自有差異，讀者在閱賞的過程中往往是再創作者。因此〈小小的島〉一詩思念的對象，可以是情人、友人、台灣或者綠島，只要能引起共鳴，有所感動，又何必去拘限其功用。

二〇〇九青海國際詩歌節與鄭愁予夫婦在丹葛爾古城合影

飛越時代風雨的謬思

——讀鄭玲的〈風暴蝴蝶〉

冰晶玉魂的雪花，飄自最嚴寒的天空；曲折動人的松姿，來自巍峨峭嶺的風霜；秀逸芬芳的臘梅，綻放於皸裂蒼勁的枝幹；而自由的羽翼，飛自硝煙的廢墟；希望的花朵，盛開於荒寂的大地。這世界祇要存在著一絲夢想與信念，便能流成大漠裡青蔥的月牙泉——

漩渦水最深的季節
我看見一隻白色的蝴蝶
從風暴的陰霾中飄來
像被遺忘的頌歌的回聲
如愛情睥睨一切

那是一種洶湧、巨大的粗暴拉力，瘋狂的將世界捲入黑暗的深淵裡，多少心靈不由自主地隨之迷亂，被一種向下沉淪的力量所牽扯——然而自漩渦的深處，詩人卻看到了一隻白蝶輕盈地飛出，像一片輕雲，如一朵雪魂，更似寒夜裡月光般浮動的暗香。且伴隨它而來的，詩人聽到了久違的生命禮讚，看到了那義無反顧追求的赤誠。

看它那輕盈淒迷的模樣兒
祇是一朵會飛的鮮花
祇合到水仙鑒影的小溪上徘徊
別說風暴的咆哮了
即使是風暴的一絲微嘆
也能把它捲走甚至粉碎
我真不明白
它怎能把最溫柔的渴望
與暴風雨交織在一起的

原是謬思化身的蝴蝶呀！以愛與美，自由和飛翔紋身，散播芬芳的精靈，本應在蕙美的溪畔，如一朵自戀的水仙般，顧影自盼，沉緬於青春紛呈的光彩之中；至於一場風暴是無法想像的，這耽於美的謬思，怎敵那凶惡的狂風暴雨之摧殘？詩人雖質疑，卻仍看到它懷抱著純真美善的信念，柔弱地在暴風雨中蹣跚地穿飛。

小小的蝴蝶穿越了風暴
卻超越了風暴的猛烈
一飄來就變成一息清風
愉快地吹入他人的命運
在那些零落的和憔悴的之間

一枝勁草一心一意緊抓住土地，度過了強風的考驗；而一隻蝴蝶憑著上升的意念，拍落了重重有形、無形的枷鎖，那執著、堅定的翅膀，寧靜地越過風雨猙獰的魔爪，頓時，輕盈如風，清涼地搧滅了命運的煉火，讓那蒙難受苦的人，找回心靈的桃源地。

反復地出現　久久地縈繞
以一種醉心融骨的熱情
不斷地尋找祕密的花序
拿自己的翅兒摺成信封
向四處投遞陽光的消息
悄悄地催促著花樹：
再開一次，再開一次吧
最後的一次
遠比第一次更為美麗

那隻自始至終擁抱純一信念的蝴蝶，日日夜夜在詩人歷盡滄桑與磨難的生命園地翩飛，遂喚起了謬思的記憶，開啟了禁閉的熱情，更融化了冰封的詩魂。於是它不斷地尋解花開的密碼，投遞陽光的訊息，催促著另一個春天的到來，相信這歷經寒冬再次充滿詩意芽苞的春天，必然較之前更為光燦美麗吧！

誰能像這樣懂得撫慰痛苦
我不再懷疑了
這小小的白色的蝴蝶
肯定是從風暴中飛來的

詩人從青嫩的「我真不明白／它怎能把最溫柔的渴望，與暴風雨交織在一起的」，到歷劫之後的「我不再懷疑了／這小小的白色蝴蝶／肯定是從風暴中飛來的」的心路歷程，證明了生命的堅韌與精神無畏的高度。唯有歷經苦難，始深信真誠的靈魂，詩純潔的語言，更能安慰過去種種所遭受的創痛，詩人重拾的筆越過時代的苦難，再次招來謬思女神的眷顧，喚醒已沉眠（或被迫沉眠）的詩歌，重又展現一片盎然的生機。

因而那飛自風暴中的白色蝴蝶，是一種精神的象徵，代表著不屈的信念、自由與夢想，它指引著詩人走過個人的不幸與歷史的災難，或者毋寧說它就是詩人的化身，以柔弱之軀面對整個時代的狂風暴雨。詩人曾說：「每當我的身體被綑綁著，被推出去遊街示眾的時候，我看見四周的狂亂腐敗，窮凶惡極，而自己的靈魂卻在冰雪裡清醒著，冷靜而堅強，這是多麼令人欣慰的事！」是的，就是那冰雪裡清醒著的靈魂，如一隻白色的蝴蝶，帶領她度過了生命的嚴冬，再次找到那充滿陽光與花香的詩的春天。

緣起緣滅皆是情
——讀涂靜怡〈季節的嘆息〉

似海鷗與波浪的會合，我們相會，我們親近。
似海鷗的飛去，波浪的盪開，我們分離。

——泰戈爾〈漂鳥集〉

如果生命的旅程是一條長河，潺潺的水聲中，看雲聚雲散，花開花謝，四季的風掀起了波浪，又消逝無蹤，這人生的際會啊！緣起緣滅，終究是無常。當熱情燃盡，燦爛的笑語漸遠，頓時來到了一片起風的秋林，踽踽獨行，前塵往事繽紛如落葉，心野一片荒涼，眼下只餘一聲深深的嘆息，自蕭瑟的大地幽幽地升起——

誰能開啟
那深鎖眉間的密碼呢？
當時空與季節都在轉換
當彼此的悲喜不再分享
一絲未盡之語
瞬間就能燎原
所有美好的記憶
而倉皇抽離的詩緣
此刻　也會
如同漸行漸遠的夏季

曾經那心與心之間是如何的相契，何時共鳴的頻率已然偏離，再也讀不懂你深鎖眉宇的思緒與悲喜，了然的眼神不再交會，隱藏的言語不再深情，而是一道冷漠的隔閡，將美好的時光阻攔成過去。何以變異如此令人措手不及，如同那轉身之後，再也挽不回的夏季。

時序已來到秋分
楓紅的心
卻不想回首去檢閱
對與錯的邏輯

如果季節已然入秋了，那在霜風之中被凍得紅痛的心，已不願再去回顧曾經的盎然翠鬱，不想再去思索何以昨是而今非，因為所有的結果終究令人神傷。

如果真理只是一面鏡子
面對自己　一路跌跌撞撞走過來的步履
疲憊的心　竟只餘一聲長長的嘆息

真理是什麼？每個人都在追求，但為何答案卻各自不同，猶如傾誠的相待，總以為必能相應相契，然而當某一方的心念偏離了，便從此注定了錯過的命運。

是的，真理只能是一面鏡子，只合檢視自己，卻無法審查別人，望著鏡中那一路艱辛行來的蹤影，對週遭人事物的真誠與愛，必然獲得相對的情誼與關懷，是向來認為理所當然的真理。但這莫名的冷漠與疏離，卻深深打擊著過去堅守的信念和勇氣，遂突然感到前所未有的疲累，當信守大半生的真理被質疑，這路該如何走下去？

而落葉般的
秋的心情
其實
早已有了冬天的
寒意

獨自彳亍，紛然凋落的往日時光，枯葉一般被風不斷地翻攪，望向前路灰茫一片，季節未到，卻只見冬天挾著冷風雪雨提早來臨，一個漫長苦寒的冬季，想必已然成形了。

涂靜怡的詩向來婉美抒情，〈季節的嘆息〉是她少數充滿傷感的作品之一。為了《秋水詩刊》，這一路走來，她積極努力，堅守理想，她說：「再怎麼曲折的劇本／是演員／就得認真拿捏／就得謙恭　煞有介事地／扮好每個腳色」（〈暮情〉）。她是如此地認真面對生活，面對自己，即使生命中難免有一些缺憾，她仍然抱著「愛有許多方式／緣起緣逝皆是情」（〈歸零〉），以珍惜的心來自我消解。她原是個重情的人：「一路探索　一路期盼／唯有友朋的真情指引／才是愛的盛筵上／最美的佳釀」（〈暈眩之後〉）。很多時候她寧願人負我，也不願去負人，再怎樣辛苦委屈，她都獨自承受。而詩是她生命最大的支撐與慰藉，總能讓她飄零滿地的黯然，昇華為夜空裡雖遙遠卻閃亮的星光。

她一生執著於詩與美，亦從其中獲得救贖，因此季節的嘆息之後，抖落肩上的寒意，我知道她會再度仰首行吟：「人生如此無常／我誓言要與他挑戰／縱然逆境如洪水／沖毀我夢中的小屋／我也要奮力醞釀一種心情／不讓失意的煙雨／淋溼我寶石般的詩行」（〈絮語之三〉）。是的，這是我所認識的涂靜怡，總能在失望與悲傷中站起來。她對生活中的人事物充滿了熱情，她勇於面對一切的橫逆挑戰，她執著、唯美的性格讓她努力去追求，她的字典裡永遠有「夢想」兩個字，她也為此——無悔地付出了一生。

詩的沙灘上珍貴的寶石

——讀林煥彰的〈我在風裡〉

春天，候鳥開始整裝北飛，夏日的船張起了帆兒；秋天，葉子告別了枝頭，入冬的心便想著打包，出門去旅行——

四季在旅行，萬物在旅行，宇宙在旅行；或許只有人才會感知旅行這件事，甚而思考其背後的意涵。

我旅行回來，
山，不見了
海，不見了
樹，不見了

路，不見了
家，也不見了

在旅行中沿途所見的山、海、樹、路等景物，因為回來都已成了記憶，故而不見了，但為何連家也不見了呢？既是回來，當然是回到了家，怎會連家也不見了？是否因為旅途中過於耽遊，遂連家也失去了；抑或者這不只是人世間眾多的旅行之一，而是一場漫長的生命之旅，因此「回來」就不是回到有形的人間家園了，而是回歸於浩渺的宇宙時空！

我在走過的路上，
留下了，眼睛
留下了，耳朵
留下了，嘴巴
最後，把心也留下了

在旅行之後，仍時時回顧、懷想，人雖回來了，所有的感官及心仍還留在旅途中。或者也可說：眼睛所見到的萬事萬物、人間勝景，耳朵所聽到的各種好壞、善惡的言語和聲音，嘴巴所嚐過的酸甜苦辣，千百滋味，以及最後甚至連那一顆歷經愛恨情仇的心，全都放下，留在旅途中了。彷彿跳出來以旁觀者的立場，回首這一趟人生之旅，發現一切皆帶不走，只好全都留下，連同那顆眷戀不捨的心。

我在風裡寫了一則
啟事：尋找
我的心，
我的家，我的路……

宇宙真空無生無滅，萬物也無生無滅，只是由一種形式，轉換成另一種形式存在著。風，來無影去無蹤，它不受具體的形式拘限，卻時時刻刻存在著。遂感知生命如風，在宇宙間流轉與漂泊。而人，每一次的旅行，都是一種追尋，在湍流的時間長河中，追求那顆自在的心、放心的歸宿，以及真正屬於自己的道路。

我在風裡，回顧過去的旅程，而另一段追尋的行程又即將開始——天地荒涼，我走在風

裡。「人生，永遠／在路上，／／一個人，在路上」（〈絕對孤寂〉）

記得大學時代，有位念哲學系的學長老愛搖頭晃腦的念著：「沉思／／蘆花／在秋風中／越搖越白……」後來才知道這首詩的作者原來是林煥彰，印象中詩人的用詞遣句從不譁眾取寵，而是極為平易、生活化，一如其人，總是一派的謙和親切，詩人認為：「謙虛不是美德，是人生應有的基本態度。」對於詩，他說：「詩可以繞來繞去，我習慣直來直往。」、「活著，就寫詩；寫詩，就活著。」、「詩是生活的，生活也是詩的。」我想由這可以概括出其詩的風格與內容。

寫了半世紀的詩，林煥彰從來沒有停筆過，他總是走到哪裡便寫到哪裡，他認為寫比發表重要；而越寫到後來他越主張：「極簡、極短」。他的詩乍看頗為平淡，但經一看再看，卻常又耐人尋味，「淡而有味」我想這應是寫詩的最高境界吧！由於他的詩率直真誠，直來直往，常常能直指事物本身，猶如本來就是「見山是山」，但進入之後，又會引起「見山不是山」的思索，甚至有時你又會發現從裡面出來後，竟然已攀至「見山又是山」的境界，這時連自己都要有點吃驚了。例如他寫〈門〉：「不必說什麼／進進出出，進進出出／／你要我說什麼？」〈空〉：「鐘聲，很遠很遠／聽到耳朵就敲／……空！／／我，似懂非懂」，而他的另一首可說是目前寫得最短的詩：「鳥，飛過——／天空／／還在」，總共才七個字，卻是詩人挺得意的作品，甚至希望將來作為墓誌銘，以代表其一生，這也說明了詩人所謂的「極簡向極繁接近。」

詩人誠誠懇懇的努力生活與寫詩，因此能有如此渾然天成的神來之筆，我以為應來自於他謙敬樸直的性情，亦即美好的「詩質」。有人寫了許多詩，卻沒半句留下來，甚或稱不上是個詩人；我認為林煥彰的詩，就像混在海灘上的沙石，初看無奇，但慧眼的人終能看出哪些是寶石，哪些是沙粒——

獨有松下石

——讀張默〈黃昏訪寒山寺〉

噹～～鼕鼕鼕，一聲鐘三記鼓，如是三回，自對面嵐煙輕掩的山寺傳來，斜暉中映照出細長的雨絲，鐘聲悠然被秋陽染金，穿梭於雨簾，莊嚴地迴盪在山谷之間——

千年前，也是秋天，那夜裡傳來的鐘聲，穿過了月落與烏啼，穿過了江楓和漁火，傳到了夜泊松江河畔詩人未眠的耳渦，於是一句：「姑蘇城外寒山寺，夜半鐘聲到客船。」使得位於蘇州古城外一座小小的寺院，從此屹立於歷史的長河，遊子離愁的行吟中。

莫非，那一列疏疏落落的修竹
正以輕巧的碎步，去佔領
寒山拾得墨幅上的
某些禁域

而千年之後，詩人翩然訪臨古寺，帶著何種心情流連其間？趕在夜落前的黃昏，光線正好為古寺敷上一層柔和幽謐的色調，微風中搖曳的修竹移動著疏落細碎的影子，正一步步地踏上那來自天台山的高僧寒山拾得的傳奇裡。而詩人探訪的腳步與竹影相映，修竹的高逸虛心，襯托著寒山拾得諷時勵世、幽隱歌笑、清新自然的空靈詩境，更為古寺憑添幾分神秘悠古的氣息。

莫非，那一片悠悠忽忽的鐘聲
透過淒冷的招喚
把千年前夜宴賦詩的景象
暗暗攬入心底

此時詩人彷彿聽到鐘聲隱約地傳來，穿越千載時空，迴盪在這黃昏清冷的氛圍裡，遂忍不住溯著那鐘聲，來到了「開瓊筵以坐花，飛羽觴而醉月。不有佳作，何伸雅懷？」屬於詩的大唐盛世。而千年後的鐘聲依舊，能否再造盛世，敲響另一個風起雲湧的詩時代，一生行走在詩歌道路的詩人，撫今追昔，難免有諸多感慨吧！

莫非，今日吾人的情懷
亦如當年的東坡、張繼、韋應物
拎著幾瓶老酒
輕舟步過小小的楓橋
而江村在左
而暮靄在右
還是不要細數勒石上俞樾的題詩吧

想當年多少騷人墨客，駐足徘徊的行跡彷如作日：「故國神遊，多情應笑我，早生華髮。」深感人生如夢的蘇東坡，或者「月落烏啼霜滿天，江楓漁火對愁眠。」羈旅離愁的張繼，亦或「心絕去來緣，跡順人間事，獨尋秋草徑，夜宿寒山寺。」曠達幽意的韋應物，時代雖異，情懷卻是相通。此時詩人神遊古今，想像自己拎著老酒，輕快地步過楓橋，左邊是江村橋映著古運河的美麗拱形橋影，右邊是一片霞染水天的傍晚雲氣，任時間停留在古或今，瀟灑豪逸的詩人已行走於時間之上，縱情恣遊，至於俞曲園的題詩碑刻就讓它靜靜地立在古寺裡，抑或留在歷史中吧！

莫非，一切俱已熄滅
穿越漏窗上日漸模糊的風景
我突然發現自己
竟是小徑那頭，一尊不言不語的化石

隨著夜幕悄悄地降臨，處此充滿時間氣息的古寺中，眼前的景物逐漸模糊，而詩人的胸懷卻不覺悠遠了起來，所有的繁華風煙，終有凋零止息之時，透過鏤空的花窗，望向那黃昏中漸次暗下來的景色，隨同那輝煌的時代與傳說，終將成為過去，就如同今夕亦將是明日黃花，只遺暮色中的碑石，兀自述說那一段曾經的歷史。立此蒼茫中，詩人恍然若有所悟，他看到更遠的過去與未來，絢麗終熄，回復靜寂，他發現自己成了一塊沉默的化石，立在寒山寺的風景裡，立在一生的風景裡，立在歷史的風景裡——

〈黃昏訪寒山寺〉一詩，四段開頭連用了四個「莫非」，營造出一種古今時空和心境的游移，可看出張默交融歷史與現實，漫遊時空來去自如的從容與深度。張默是近代少數致力於旅遊詩而斐然有成的詩人，他將一生奉獻給詩，他寫詩、評論詩、編輯詩刊與詩選、積極推動詩運，除此他更付出了極大的心力與耐力蒐整詩史料。蕭蕭曾言：「如果說在詩的國度裡呼風喚雨，撒豆成兵的洛夫是詩魔，那麼為詩癡狂，為詩廢寢忘食、典當青春的張默正是一個詩癡」。故而那份熱力與生命力常常顯現在張默的詩作中，他說：「詩是個人內在獨特、繽紛、悲壯的演出。」因此張默的創作非常具有個人特色，他善於利用豐富的想像力，將物和我做認同處理。「且讓這一身嶙峋的傲骨／偷偷扔進雲南石林的波濤裡／祇見那些尖拔的／瘦削的／雄渾的／突兀的／千姿百態的石頭們／譁譁一擁而上／把我全身上下前後左右／梳理得十分酣暢光潔／不知，老之將至」（〈石林，請聽我說〉），張默身處眾石中，想必是稟氣相通，物類相聚，故有全身酣暢光潔，不知老之將至之感，實亦是藉詩以表其志吧！

寒山寺

藍蝶飛舞的國度

——讀莫渝的〈給我一張夢的入境證〉

在蒼翠的山林中翩舞，夢想是那閃爍著炫人光芒的藍蝶，懾人的美麗牽引著渴盼的心與眼，卻往往也是一個陷阱，懸崖或者深淵，唯有歷經考驗的人，才能明白那險困的背後，是愛與新生。而夢想總是向純真的心靈靠近。「給我一張夢的入境證」，讓我想起了一部影片《藍蝶飛舞》（Blue Butterfly）。

夢

有沒有邊境？誰負責把關？

如何申請

安全地入境？

夢存在於現實與非現實之間，以現實考量之，所謂的夢境，有沒有邊界或關防，亦即有無種種的條件與限制，此時選擇進入夢境，是否安全？是否能不被意外打擊傷害？在決定選擇夢想國度為未來旅程目標時，內在的顧慮總是難免的。

夢
沒有疆界
無限寬廣的領域
擁有無限財富的寶庫
任誰都被吸引
甘願掉落

夢屬於自由的國度，飛翔的天空，故不受限制、無所束縛，天馬行空，任由意志與想像力之所之，它是人類天賦最珍貴的寶藏，引向一切的可能與豐饒，它也是點燃生命的光與熱，如飛蛾撲火，人們不由自主的朝著它前進，「衣帶漸寬終不悔，為伊消得人憔悴」，即使眼前有所阻難或陷阱，亦奮不顧身心甘情願地執意追隨。

來去自如的人
曾經稱之為樂土
和淨土
也說成烏托邦

只有能自由出入夢境不被太多現實牽絆的人，是一種真正的幸福，它是生命中最美好的時光，最值得追尋的桃花源，是陽光、是彩虹，是純真的熱情與崇高願望的理想國。

沒有主管
沒有主人的荒蕪又肥腴的夢土
出現再多高來高去的盜賊
依然土地無殤
財富無損

那是一塊極為沃腴等待開墾的土地，它不屬於誰的管轄，也沒規定誰才是主人，擁抱夢土的人就是主人，只要埋下希望的種子，辛勤耕耘，這片土地將回報以無窮的財富，那非世俗所能論定的無價之寶。當然過程常常無法如預期之順遂，躲在暗處偷竊希望的盜賊，以各種方式恣行其掠奪打擊計畫，但對於相信且堅守夢土的人，是不能有所損失與傷害的。因為只有放棄希望的人，才會被希望所放棄；只有背離夢想的人，才會被夢想所背離。

應該探究他們潛行的藝術
扮演神秘的黑衣人

黑與白，光與影本是相互共存的，換個角度視之，或許一切橫逆的潛伏與考驗，必然有其背後的道理存在，誠如《藍蝶飛舞》影片中，藍蝶是神奇美麗的夢想，同時也是危險陷阱的化身。

一張入境證
能夠順利的編織完美的網

這張夢的入境證，其實是詩人對自我抉擇的承諾與期許，冀望能在熱愛的文學園地，如蜘蛛一般辛勤地吐絲織網，編成一張自認完美的人生構圖。在脫離現實羈絆的理想生活，藝術之天地裡，縱情於文學的山林中，聚集自己所能的光與熱，祈能照亮、溫暖這塊生長的家園。

莫渝一直是個勤奮、誠懇面對自己的詩人，他的詩越寫越淡，情感卻益加率真與深摯，他認為：「詩　是詩人心靈的曙光／透露人類的良知／詩　是詩人存在的印記」。二〇〇四年，莫渝決定離開職場，期望以文學在自己的土地上，埋希望的種籽，開鮮豔的花朵，他常以美國詩人佛洛斯特的「雪夜駐馬林畔」及「未選擇的路」來惕勵自己。「給我一張夢的入境證」即是在面對決定時的兩難、猶豫心情之下寫成的，在「未選擇的路」一詩中作者最後選擇了人跡較少，荒草叢生，可能走起來較為艱辛的一條路：「……也許多年後在某處／我將輕聲嘆息，回顧往事／樹林中分出的兩條路／而我選了人跡較少的那條／結果是如此的不同。」（……I shall be telling this with a sigh／Somewhere ages and ages hence:／Two roads diverged in a wood, and I——／I took the one less traveled by,／And that has made all the difference）

於是年已半百的詩人，揚棄現實的羈絆，選擇擁抱夢土，慎重地再度向時間索求一張夢的入境證，誠懇地描繪詩文學的夢想國度，將愛與希望放飛成傳說中美麗的藍蝶，飛舞在自己所熱愛的這片土地上。

蹲踞在靈魂深處的容顏
——讀朵思的〈沙漏〉

光陰一分一秒的流失，芽葉一毫一寸的茁長，開花、結果、凋零、化泥，之後倒過來，再次成為光陰孕育的養分；白日一點一滴的燒盡，積累成黑夜，接著倒過來，黑夜一點一滴又漂洗成白日；當四季灑盡了最後一粒雪，倒過來，又流出了春天的綠。心靈的流轉，歲月的流轉，天地的流轉，如是輪迴，彷如沙漏……

我在上面流淚
你在空空的下面等我
我數著時間慢慢放棄自己
你在平靜中堆積茁壯

我丟掉的一分一秒
你默默珍惜撿起
懸虛的我　睜看長大的你

是誰將滴落的淚磨成晶瑩的字句，以詩盤承接。成長是一場痛苦的歷練，在摸索之中，逐漸地找回自我，累積生命的智慧。

年少時空有血氣與勇氣，卻未能具備智慧透視一切，自以為可以掌握命運，卻反而被命運所安排，遂在一次次的磨難中，磨掉了年少的尖銳、輕狂，以及風發的夢想，將青春磨成了白髮，歲月磨成了粉灰，低頭一看，見到的是另一個沉穩、成熟，有著寬容智慧的自己，原來以為浪擲的一分一秒並未完全消失，而是靜靜的累積轉化成生命中深層的養分、潛藏的能量，默默地支撐著現實中被命運空懸，上下不得或不斷自我解構的靈魂，而在逐漸消解、空了之後，我才清楚看到另一個你——以詩、以潛藏的慧智，所顯現出來的高度。

另一次輪迴

我仰望充實的你
你把智慧一粒粒澆灌同一時空的我
我承受澆灌的淚滴
匯聚成一堆美麗的沙堡
沙堡中其實也涵蓋你的蹤跡

放空的我，成長的你，這互相消長的你、我，事實上是一體的兩面，苦難揮灑成詩篇，青春流逝，智慧增長，你是另一個我，那蟄伏在生命底層，必須藉由痛苦的鋤，才能挖掘出的潛藏的、本來的我，那生命圓融光輝的初衷，理想、神性的精神光照，使痛苦的靈魂獲得了昇華、超越與慰藉，也一點一滴的被填滿。因而，這個你是詩，是詩的我，是我終生的信仰與追隨，是我的仰望，我蒙受詩的恩寵與智慧甘霖，聚構成一座詩的殿堂，美麗的堡壘，在人間的土地上，這裡面處處都是你的足跡，我流下的點滴，我昇華的字句，以及那經過痛苦淬鍊，困頓思索，逐漸澄明的自我覺知。

朵思是詩壇相當資深的女詩人，自一九五五年發表第一篇詩作至今，已逾半個世紀，她的語言鮮活，意象新奇，以極具個人風格的獨特表現手法，享譽詩壇。沈奇在〈生命之痛的詩性超越——朵思論〉一文中言：「一位詩人或藝術家的成熟和深刻，絕不僅僅只是其藝術的成熟和深刻，而必然是其生命本體的成熟與深刻。正是朵思特殊的人生經驗和對這經驗的特殊體味，才有了朵思特殊的詩歌才華與藝術表現力。詩路歷程與心路歷程息息相關。」對於困挫的命運，朵思以不屈的態度面對，因而激發出其堅韌、強大的生命力。她非常贊同布魯姆菲德（Harold H.Bloomfield M.D.）在《內心的喜悅》（Inner Jay）一書中的一段話：「沒有悲劇的話，我們的生活將變得平淡無味，總之，悲傷是十分重要的。」她咀嚼傷痛，堆疊出詩境的高度，更拓展出恢弘深邃的生命視野。

「走過去／右邊即是一棵松即是你／左邊即是我亦是你」（〈走過去〉）

「從張望的眼神出發／淚光與陽光相互映照／嗅到背負堅持的氣味／默默抵達　該抵達的海岸」（〈心情筆錄二十八〉）

「你蹲踞在我靈魂深處的容顏／常將我導引向一片花瓣的舒放／月色佔領沉默的夜晚／茫白的清光是絕望的救贖」（〈石箋十四〉）

朵思詩中的「你」，常是「我」的生命底蘊之光。而其最為人稱道的〈影子〉一詩末段：

「從年輕一直踩向年老／我的影子，用大地的容器／盛著，猶之／花缽盛著花姿的枯榮」，花缽盛著花朵的一生，有如大地盛著自己的一生，朵思不願受宿命的拘限，而將「我的影子」推遠成大地上隨著日月不斷變易的生命表象，然其生命本質或者精神主體卻是不滅的。那獨自彳亍大地之上的影子，寂寞的背後或有一種曠達的期許與了然吧！而枯榮、生死不斷的輪迴上演，這世世流轉的過程，未嘗不是另一種沙漏現象。

在馬的眼中看見藍色的天空
——懷念蒙古詩人策仁道爾基

那是如何遼闊蒼翠的一片草原，散落其間的牛羊，風翻過來是珍珠，翻過去是瑪瑙，還有奔馳如風被視為「騰飛的翅膀」的群馬；明亮蔚藍的天幕四垂，彷彿置身於一座頂天立地的大蒙古包裡，它是生於斯長於斯的蒙古人魂牽夢繫的家鄉。人對於故鄉的眷戀，猶如孩子對於母親的孺慕，它是生命的根，心靈的家，無論海角天涯漂泊，它恆是遊子夢裡的渴盼與樂園。

「時間的年輪在把我遷移／陽光明媚的故鄉我這樣撲向你／蒼穹會永存／我原野的泥土會永存／清清的江水會永存／我不走，不走／至少讓記憶不走……」（〈凝視青天〉）

「絲絲輕盈的風／拂動掠過／勾起我美妙天堂般故鄉／唉，喀爾喀的風在把我／趕上／炎炎南方的烈日／在那兒也消隱……」（〈風的僕人〉）

這是蒙古詩人策仁道爾基被派駐北京時，流露出其對故鄉思念的心情，由他的好友也是蒙古詩人森・哈達幫他中譯。從藍天綠地清新美麗的大草原到車水馬龍繁華噪鬧的北京城，完全不同的生活語言與空氣情味，我很難想像熱愛故鄉的策仁道爾基是如何去面對與適應的。那個寫著：

「颼颼的風在吹刮／甦醒……甦醒……如此這般在對心靈竊竊私語／你多彩年華這方騎手的先輩／把赫赫榮勛與勃發不盡的生力掠奪了過來／此時你動身的時刻已到／／讓風湍流／讓四蔽的星辰眨眼／你一匹秉性狂烈繫繩索的馬／在捆緊肚帶翹首等待／／一陣陣拂動的風／在心腹上如此這般竊竊私語」（〈風兒吹拂〉）。

就像奔騰於風中的馬，聽懂風的語言，馳騁於草原上的蒙古人，總是分不清自己和馬，或者他們的血液裡也流著馬的血統——狂野不屈的靈魂與自由的崇尚。只是命運纏繩帶往的前方，往往不能如意，策仁道爾基曾以悲惘的襟懷寫出〈在馬眼中看見藍色的天空〉：

蒙古漢子們
幹起賣馬的交易
在馬的眼神裡
藍色的青天
哈拉河　淡淡的白楊
斟滿的馬奶酒
幾個男子
像在明鏡裡透明

蒙古人對於馬有極為特殊的感情，然而為了生活，讓他們不得不做起賣馬的交易，詩人藉著馬的眼中所見描繪這一幕，詩行間透著一股淡淡的憂傷與不確定感。

在馬的身上
在朝夕相處夥伴的心底
以同樣的莊嚴

用食指把乳之精華揚灑
在馬的目光裡
淚泉滾動

喝酒前以食指沾酒彈灑向天與地，是蒙古人表達內心誠敬的一種儀式，蒙古漢子莊嚴地以馬奶酒敬天地，靜默中呈現了人和馬之間，在命運擺佈下依然相知與相惜的真情。

在牠的眸子深處
整個生命在消失
銀碗的乳汁晃出
天空在搖蕩
在馬的秋波裡淚水為何滑落
人不知為何物而痙攣
誰也難以啟齒

末段寫出人與馬自制、蘊蓄的情感達到了最高點，最後終於潰決了。眼裡晃動欲落的淚水，使得眼前的景物也搖蕩了起來，馬失去了草原，彷彿失去了生命；而蒙古漢子捧著馬奶酒，因情緒激動而危然灑出；最後淚水終於滑落，而人不知為何物而顫動，詩人以反問的方式，傳達出那份悲傷激動，難以言喻的情景。整首詩情感的表達極為深沉內斂，所謂詩如其人，大概如此吧！

策仁道爾基（S.TSERENDORJ）於一九五一年生於蒙古國東部的札晃省，一九八二年畢業於俄羅斯葉爾庫茨克大學；曾任國家記者協會主席，國家圖書出版委員會執行長，後派駐北京蒙古國大使館擔任資深記者。著有多部詩集、散文集、紀實文學等。

一九九八年七月，在烏蘭巴托我初次見到了策仁道爾基，他予我的印象即是沉靜、內斂而誠懇，我覺得人與人之間的緣遇很難說，有些朋友首次見面，就有一見如故之感，策仁道爾基即是，他總是掛著溫和而靦腆的招牌笑容，足以鼓舞我這個英文不好的人，能夠安心且有勇氣的與他交談。彷如昨日，在美麗的特勒吉，我們騎馬漫步草原，悠閒的躺在林間的綠坡上聊天，在蒙古包內高歌歡宴，甚至晚上十點多大夥兒仍不肯休息留連在外捕捉美景（蒙古國的太陽非得到晚上十一點左右才肯下山），那真是一段美好難忘的時光啊！我和涂大姐為了方便記住策仁道爾基的名字，便調皮的私下暱稱他為「車輪打火機」，我想他應不知道這個綽號吧！因為我們的策仁道爾基不會漢語。

二〇〇一年夏，秋水同仁到雲南旅遊及開詩友會，策仁道爾基與哈達亦應邀前來，三年後再見面，是在下榻的滇池花園酒店櫃檯前，我們正惦念著策仁道爾基與哈達時，他們倆卻已不知何時悄悄地站在我背後，霎那間轉身時的驚喜與興奮心情猶歷歷在目，在滇池、石林、九鄉、蒼山、洱海、大理、麗江，甚至秀美如仙境的瀘沽湖，都有我們再次共遊的足跡；我與策仁道爾基仍以有限的英文對話再加上比手畫腳，但還是很開心的一件事。回到台灣，九月份收到策仁道爾基以漢文書寫自北京寄來的信，內容提到我寄給他的相片已收到及他目前正在學漢文的情形，信紙上的字跡雖顯稚氣，卻看得出背後學習的認真與努力，我很為他高興，心想下次見面或許可以用中文交談了，沒想到這竟成了永遠無法實現的願望。策仁道爾基於二〇〇七年三月病逝於北京，他的好友哈達一直不忍心告訴我們，深怕影響涂大姐的心情及健康，直到二〇〇八年六月哈達向莫云要了我的電子信箱，才有了更快速且方便的聯絡方式，經我問起，他才沉痛的告訴我這個令人悲傷與震驚的消息。

我永遠永遠忘不了那個微風輕拂的早晨，在特勒吉清新碧綠的草原上，明澈小溪映著蔚藍天空蜿蜒地流過，遠處的山巒霧紗漸揭，山腳下白色的蒙古氈房上正嬝著炊煙，三三兩兩的馬兒悠閒地散落一旁；策仁道爾基與哈達各自偷偷地摘了一束小野花藏在身後，然後站在我和大姐面前，在我們尚未會意過來時，兩個人很有默契的亮出美麗的小花束，雖是野地採的草花，卻是我收過最美麗的一束花，因為花朵裡藏著一份優雅而純真的美好情誼，在往後的時間裡恆散發著詩一般的芬芳。

在透明的雨珠滴落前
我要
用我的唇去迎接

在花香四溢的空中
我要
用我的心房去呼吸

讓我的渴念
我的蒙古草原與天空

傲騰根騰格里山

在夢裡彼此擁抱

——〈我〉

我彷彿看見我永遠的朋友策仁道爾基，依舊掛著那溫和而靦腆的招牌笑容，回到了他日夜思念的故鄉傲驣根騰格里山（Otgontenger mountain），擁抱屬於他的草原與天空——

雪中取火且鑄火為雪的人

——讀周夢蝶的〈月河〉

曠野風大，樹葉紛揚，孤仄寂寒的旅程，誰在人間點火取暖，並將火苦苦的錘煉，煉鑄出一片最初的純白晶瑩。

傍著靜靜的恆河走
靜靜的恆河之月傍著我走——
我是恆河的影子
靜靜的恆河之月是我的影子。

那河千古源源流來，亦將潺潺的流向無盡的未來，河上那月溫柔而皎美，如影隨形，照著過去的我，今日的我，甚至未來的我。想東坡遊赤壁時慨然有感：「寄蜉蝣於天地，渺滄海之一粟，哀吾生之須臾，羨長江之無窮……」相對於這無始無終的時間長河，我只是飛掠其上的影子，而那月，那自我生命中牽引出的潮汐，未嘗不是我的影子。

曾與河聲吞吐而上下
亦偕月影婆娑而明滅；
在無始亦無終的長流上
在旋轉復旋轉的虛空中。

「這條路好短，而又好長啊／我已不只一次地，走了不知多少千千萬萬年了／……這條路是一串永遠數不完的又甜又澀的念珠」（〈在路上〉）旅程中或上升或陷落，或悲抑或欣揚，泅泳其間，隨之起伏，且獨自擁月影而舞，明明滅滅，潮起潮落，於月的陰晴圓缺裡——「美，恆與不盡美同在！」（〈不怕冷的冷〉）然在亙古的時間之河，在流轉的無常中，一切終如空花之起落。

天上的月何如水中的月？
水中的月何如夢中的月？
月入千水，水含千月
那一月是你？那一月是我？

穿透空花幻影，恆有一照耀宇宙塵寰，妙明湛朗之圓照，只是誰真能輕易的參透；人世的執癡仍在，終不若那一路相隨，與之生生死死之月。「臙脂的滋味由甜／而淡，而酸，而苦，而苦苦／而苦成一襲袈裟／苦成一闋寄生草，乃至／苦成一部淚盡而繼之以血的／石頭記。」（〈紅蜻蜓〉）或許任月靜謐照耀於夢野，至少可免去人世間的滄桑。只是啊！水中的一水，亦是千水；月中的一月，亦是千月，千江有水千江月，月月是你，亦月月是我。漫天花雨飄落，在誰的衣襟上雪融？

說水與月與我是從
荒遠的，沒有來處的來處來的；
那來處：沒有來處的來處的來處

又從哪裡來的？

「誰知？我已來過多少千千萬萬次／踏著自己：纍纍的白骨」（〈蛻〉）流轉的時間，流轉的月，流轉的我，那來處與去處，終沒個盡頭。無盡流轉，流轉無盡，本為一江之水，本來淨朗圓明，本我湛然空寂，自亙古以來即已然，只是每為浮塵所蔽。佛於鹿野苑中，度化的五位比丘之首憍陳那曾言道：「我初悟聖諦，即因聽聞『客塵』二字。」生生死死宇宙時空中的漂泊流轉、浮擾動盪，參尋的無非是那虛空寂然、澄明不動的本體自性。「環珮鏘然！這萬方天樂／怎不見有花雨，或瓔珞飄墜？／是水到月邊，抑月來水際／八萬四千偈竟不曾道得一字」（〈水與月〉）

想著月的照，水的流，我的走
總由他而非由自——
以眼為帆足為槳，我欲背月逆水而上
直入恆河第一沙未生時

生命累劫的頑拗執念與痴愛，如三千世界紛然飛動的微塵，遂隨空花幻影起舞。「我是水，我是月日／藏你底髮於我底髮裡吧」（〈盲目的自囚的人啊〉）「讓我咀嚼那濃黑，那甘美的苦澀。／／說火是為雪而冷的／那無盡遠的草色是為誰而冷的？」（〈絕響〉）；穿不透虛相，遂「久久溯洄不到／來時的路。／欲就巍巍之孤光，照亮／遠行者的面目之最初」（〈蛻〉）；於是決定將如影隨形的月抛諸身後，「踏破二十四橋的月色／頓悟鐵鞋是最盲目的蠢物」，逆流而上，追尋那澄然空寂最初最真的本我。「擲八萬四千恆河沙劫於一彈指！／靜寂啊，血脈裡奔流著你／當第一瓣雪花與第一聲春雷／將你底渾沌點醒……／／每一條路都指向最初！／在水源盡頭。只要你足尖輕輕一點／便有冷泉千尺自你行處／醍醐般湧發。且無須掬飲／你顏已酡，心已洞開。」（〈孤峰頂上〉）

本文多處引詩印詩，藉詩與詩之間的互注，或許更能體會周公詩句中意象及意境之美。周夢蝶之於詩壇是一個驚嘆號！印象裡總是一襲靛青長袍，在人群中僧定一般地凝神靜默，頗有眾人皆醉唯我獨醒，高處冷眼眾生之姿。及至讀他的詩，卻又感受其清冷的外表下，藏著一顆極熱的心。他身在塵外，心在塵內，懇摯多情，以致詩中流露諸多悲苦與血淚。「於雪中取火，且鑄火為雪」可以是周夢蝶一生的寫照。那自言孤露苦寒之人卻寫出「勇於血凝血散的蛺蝶／而怯於蜻蜓不經意的一掠／在藕紅深處，佛手也探不到的／藕孔的心裡——藕絲有多長／人就有多牽挂多死」如是癡情的詩句，走向佛法禪理，或許是其唯一的救贖與消解吧！其於《不負如來不負卿》石頭記百二十回初探一書，以「我心匪石，不安於位，誤觸塵網，度日如歲；而今痛定，炎涼一味，欲說還休，玉壺冰碎」作結。石頭與夢蝶，雪與火，隱呈的諸多意象，皆頗為耐人尋味。

在蒼狼走過的路上
——讀森・哈達的〈博格達山上的月亮〉

雪靜靜地下著，落在蒼茫遼闊的草原，落在草原間白色的氈房，也落在騎馬牧人的髮梢上。此時鄂爾渾河的支流圖拉河已結上一層潔白的冰，自東而西環繞在博格達山腳下，而雪亦靜靜落在這以蒙古國王博格達汗的名字命名的聖山；一輪皎潔的明月悄悄地自山頂升起，月光與雪光交相輝映，那一片純然瑩白的世界，回憶的羽翅正悄悄地振翼起飛——

今晚　我抬頭看你時
月光照見我消瘦的臉
在無人踩過的雪地上
野鹿的蹄痕剛剛走過

踽踽獨行於謐靜的雪夜，心緒被周遭清冷的氛圍所撩撥，不覺舉首仰望，所謂斯人獨憔悴，這憂傷或許只有溫柔的月兒能了解吧！溯著月光，我彷彿看見你——那親如兄弟的已故摯友、那最初的戀人、那滿懷理想壯志的另一個我，在這寂靜無人的寒夜裡，靜靜地與我相對。

我究竟失去了什麼
我失去了賞月的心
在蒼狼走過的路上
我的腳印埋在深處

回首前塵，一路行來，那些與自己擦肩而過的人事與歲月，紛紛湧現心海；轉眼間，何時青春已等閒過，曾經的年少輕狂，曾經的縱酒高歌，曾經賞月的閒情逸致，已被一頁滄桑所掩覆。

而在蒼狼我的祖先[註]走過的路上，我將如何走出自己的歷史、蒙古的歷史？「鄂爾渾河水靜靜流／八百年前的濤聲／我剪不斷的鄉愁」（〈蒙古高原〉）；「我的祖輩的疆界是如此長／我的渴望如此長……如此記憶的河源不可替代／如此忽明忽暗父親的夢不可替代／如此魅力

無窮母親的吻不可替代／如此痛苦多甜蜜的遺產不可替代／如此支撐我上下求索的黑夜不可替代」（〈祖輩〉）

不只今晚　河流斷裂
靈魂像一面明鏡
草原的風吹開
歐亞黑夜之門

八百多年前，那自詡為蒼狼之後的遠祖成吉思汗，如草原上吹起的一陣風，席捲了歐亞，為蒙古寫下一頁最光輝燦爛的歷史。曾幾何時，空前的蒙古大帝國早已湮沒在時間的風沙裡，而今蒙古更一分為二，外蒙成了獨立國，內蒙則為中國自治區，傳統的民族特性及文化，亦不斷地受到文明的衝擊。土地分裂，河流斷絕，同樣身為蒼狼的後代，「我獨自醒著／一只手扶著夜／一只手扶著自己」（〈依靠〉），遂清楚的照見自我，並循著祖先的足跡，「要為自己活著才是真實，但為民族，整個民族而活才是自豪」（〈哈達小語〉）。在蒙古，母親對兒子的祝福是：「你真是個幸運兒，願你心想事成，橫跨歐亞！」於是冀望也能化為那奔馳草原的一陣風，帶給世界愛與和平。

可是今晚　可愛的星星躲在哪裡
天空忍耐著寂寞
土地忍耐著折磨
我忍耐著淚水

只是啊世事難料，誰能再與我分享生命中點點滴滴的悲與喜呢？「某一天　我們討論死亡／梵谷和他的向日葵／卡爾・馬克斯和他的宣言／誰能說出／今日比昨日更美」（〈你和我〉）昔日那煮酒論詩，暢談古今，各抒抱負，親如弟兄的摯友在何處呢？今晚彳亍的腳步格外孤單，如果你已化成了星，為何連星星也消隱無蹤？寂寞的不只是天空，忍受折磨的也不只是土地，更是那黯然神傷的思懷呀！

〈博格達山上的月亮〉一詩，焦點並不放在月亮本身來描寫，月亮對詩人來說，毋寧更象徵著親情的慈愛、故園家國以及一切美好的回憶，「向日葵在田野上開花／小屋夢見我歸來／我的身影疲憊不堪／／那已不存在的風景／和疼過我小小生命的手／如今只能在夢裡喊我的乳名」（〈皎潔的月光〉）；「月亮／在奶桶裡　抱著人生的祝福／甜甜入睡了／整個草原／映照在晶瑩的乳液裡／彷彿搖晃著一個遊子之夢」。（〈鄉間傍晚〉）

森・哈達是蒙古族代表性的詩人，他的詩歌充滿了故鄉草原的氣息，語言樸實、自由，並吸收了民間音樂的韻律和節奏，其作品除表現民族與鄉土深層的情感外，亦洋溢著對生活的熱情與自我生命的堅持，他說：「堅持寫詩，就是保護我的人格，堅定我的信念，和捍衛我的純潔。」而「一個擁有高尚情操的人，才能成為一個好的詩人」。這個一生以寫詩為職志，可愛、可敬的詩人，只希望在有生之年，寫出對得起自己，對得起人類的作品。今天我們看他的詩作與獲得的成就，可以肯定的，哈達正一步一步地朝著理想邁進。

在蒼狼走過的路上，冬雪之後，春天終會降臨，一股吹自草原上的風，帶著草根堅韌的活力與淡綠的芬芳，向世界撒下美好與希望的種子。

註：傳說有一部落首領勃兒帖赤那（意為蒼狼），和其妻子豁埃馬蘭勒（意為白鹿），率領族人渡過貝加爾湖，在鄂嫩河的源頭不兒罕山（神山即今之肯特山）定居下來，此即為蒙古族的祖先；而蒼狼遂成了蒙古勇士的別稱，它也是草原的力量和精神的化身；白鹿則代表溫柔堅強的蒙古女子。蒼狼與白鹿亦是蒙古人的遠古圖騰。

琉璃河上一朵不凋的白蓮

——讀亞孅〈煙的故事〉

天地無語，在似有似無的風催眠下，只是靜靜地燃燒——那日與夜，水仙和薔薇，沿著生命的風景線，點燃透明青色的夢，焚著情愁愛恨，離合悲歡。在熾熱的火燄中，成寂滅的灰，抑或上升的煙，都必得經過痛苦的淬煉。直至將歲月燃盡，而誰是冷然的灰燼？誰又是那一縷緩緩上升的煙？

來自各地
你的容顏是
昇華的多種思維

那煙的種種形象，從蒼鬱的山巔，到清麗的水鄉；從喧鬧的城市，至荒漠的曠野……不斷地被點燃，在普羅眾生裡，各有各的起因。那煙或濃或淡、或輕或重、或緩或急，成絲的、成縷的、成捲的，有如漫遊的沉思者，在空中書寫著生之歌。

雲的飄逸
哪有你自在的逍遙
霧的含羞
哪有你朦朧輕移的淺笑

天際的雲朵，縱使飄飛灑脫，仍不免雨、水的輪迴；地上的霧兒，即使輕巧含蓄、纏綿多情，濃聚成一片時，終不免迷蔽了自我。唯有你，一派瀟灑自在，不黏膩、不滯留，帶著朦朧的美感，如一抹輕盈的笑，緩緩地消隱於天空。

你是境界中
最最溫柔的氣層

而喜愛
流離的一種

如我是一片垂落的雲，你便是那裊裊上升的煙，你總能觸知我心靈最最細微之處。「你遞來燃燒的左手／在我右手上牽握永恆／而我如何／如何縫住眼睫的光／留給你的唇／去覆蓋／半生的沉默」（〈水雲深〉）；只因為呀！飄流無定仍是你不改的本性。

因而，你總遺忘
東北西南的方向
即使有秋菊和杜鵑
落葉依然被擺進你的視線

因此你總是善於遺忘，不斷地游移，你從不固著於一個方向，即便有秋菊堅貞的等待，杜鵑啼血的呼喚，「入夜／軟軟地，青色的煙火昇起／誰看見背後繁花的淚／正冷冷地／一朵朵在萎謝」（〈哪首詩挨我最近〉）。春秋芳美勝景，於你眼中終燃成飄零的落葉。行過季節豐美的宴饗，曲終人散時，漫天的凋零將一一劃下句點。煙，紀錄了這一切。

> 你是不願停留和凝固的吧
> 你的生命雖美
> 噢！
> 也將在時間雕刻中和
> 眾生悄悄地消逝

無常人生，從不曾為誰停駐，你了知這一切，也詮釋這一切。一路行來，所有的花朵與笑靨，所有的星淚和離別，「儘管冷卻又燃燒起來／黑髮坐成白髮時／誰在湖畔／閉目和白蓮靜談因緣」（〈千古之音〉）。你以一生離出的風景再美，終將湮沒於人間歲月中，消隱——如煙。

在煙的故事裡，擬人的筆法，進而引出煙裡有你有我，煙存在於燃燒的過程之中。「誰參悟寂滅和燃燒／即是出塵的白蓮一品」（〈禪因〉）

初識亞嬨是在一九九四年第十五屆的世界詩人大會上，她結著兩條辮子，臉上掛著親切溫和的笑，讓人印象深刻；而十多年來她清靈善美依舊。她熱愛大自然，對人對物充滿了愛與悲憫，她一直澹然隱於台中的青山居。我總看到那茂長的青翠，那綻放的奼紫嫣紅，那一池白荷空靈的微音，自她身上源源不絕地流映出來，即使飲盡了滄桑，她仍高舉著愛的金腳杯，她本身就是一首令人嘆為觀止的詩。而她在〈詩話〉中說：「我之所以愛詩，是因為心園裡有待放的花蕾，我之所以寫詩，是因為心中有一輪燃燒的太陽。……詩搖醒我的茫然，搖醒我昏昏欲睡的眼神，使憂鬱融化在微笑中。我之所以種詩，是因為我要真實的活著，我之所以吟詩，是因為我要把每一朵夢凝成島上的春。」

除了詩之外，亞嬨的散文及繪畫亦極為出色。她的散文每每閃現著詩質的凝鍊與光芒，如：

「這裡，羞澀的葡萄架下，仍然有上帝的無花果，在復活的三角洲裡，風景線與風景線之間，觸及最初以及長長消瘦的夏。哦！我啊！我只是柔雲一片，我只是藍色雲煙。」（〈柔雲一片〉）

「生命的痕印，不過是羅列在土層的影子，當我們將躺下與塵土共臥，才知道，這就是人生」（〈涅槃城的天空〉）

「太陽神啊！讓我微弱的生命，能夠再奉獻那最後一粒穀子，在痛楚的疾病中，伸出播種的手。……允許我啊！最後一朵笑容，綻向所有愛我的人身上。」（〈病中〉）

「並不是偶然的一朵浪濤，一條深溪，是根深蒂固的一株荷的投影……我的祝福曾圍繞他離去的心，而大地啊！我看見狂風暴雨對你的傷害，你仍然奉獻更多的微笑和一份情意。」（〈不是偶然〉）

至於亞孅的畫，有著原創性並充滿夢幻美及半抽象構圖，她的畫中經常出現簡筆勾勒的女子面容，和許多的動、植物，尤其是代表寧靜、和平、博愛的清淨蓮花。藝評家王北固教授賞析亞孅的畫時，說她：「在素樸畫之中，展開一片繽紛夢幻的多次元心靈世界。……在二度空間平面藝術的天地裡，編織出另一個更深沉、曲折、綿密、禪悟的夢幻幽靜。」

亞孅就是這樣一個在淡泊中創造美的秀麗女子，她虔誠信佛、茹素，以愛將人生的苦痛燃燒成昇華的煙。洛夫在亞孅《牧草流煙》序文中說：「真正的美是包含愛在內的，有了愛，美才有生命，才有永恆的意義。」她，在無常的生命河流中，堅持地綻放自己為一朵不凋的白蓮

尋找真理的向日葵
——讀魯蛟〈時間的身分〉

在加拿大洛磯山脈的優鶴（Yoho）國家公園，那自綠林深處潺潺流來的河水，穿過堅硬的岩石後，奔湧而下，形成了天然石橋；佇立橋邊，於翻滾的浪花中，我看到時間堅韌無比的力量。在中南半島南邊濃密的熱帶雨林中，飽經戰火的吳哥遺址，一座座傾圮的寺殿廢墟中，我看到時間堆積的埃塵，像孩子似的玩累了，只留下一地散亂的積木。

時間，在一朵花的笑靨裡，在一片葉的凋零中；在一聲鳥鳴，在一絲遊走的光中；在眼眸流盼處，在一呼一吸之間……有人看到了它的蹤影，有人渾然不覺。

沒有體積
沒有重量

沒有聲音
沒有味道
時間　是最軟的軟體

時間到底是何方神聖，來無影去無蹤，它無聲無息，悄悄地滲透入萬事萬物之中，無一倖免。生命為它枯萎，也因它新生；它讓你哭，也逗你笑；它總是隱藏在幕後，它比水還柔軟、還透明、還靜默、還虛無，於是詩人只好以最軟的軟體來形容它。

能擊倒所有的動物
能擊倒所有的植物
也能擊倒所有打算長生不老的生物
時間　又是最硬的硬體

雖是柔軟無比，卻也無物較之強硬；它看似多情，又是極端無情；它可以賜你生，也可以判你死，它是萬事萬物的主宰。純真的笑靨，芳美的青春，亦無法說服它手下留情，它不停地雕鏤下自己的影子，事實上除了萬事萬物外，山川大地全是它的創作素材，它無堅不摧，無物可以逃脫其掌心，所到之處，天地萬物不得不臣服，因此詩人又稱它為最硬的硬體。一、二段以鮮明的對比映襯，凸顯出時間的特質。

軟到這個樣子
也不曾有過半聲哀嘆
硬到這種程度
也不曾有過一句傲言
時間啊
是既聖且賢的
一個巨大的存在

時間「浩浩乎自遙遠的往昔流來／浩浩乎朝無窮的未來流去」，如此地永無止盡，它是潺潺湧流的虛無，必須附著於萬物之上，才能顯現自己的存在；而它「流平了若干帝王的印璽／流死了許多活躍的故事／流止了各種動物的脈搏／流倒了過往人類的身子」（〈時間之流〉），時間掌控這一切。詩人以轉化法，將時間比擬為一個不埋怨也不自傲，具有極大包容性與彈性的人，最後對時間的身分予以正面的評價，說它是既聖且賢的一個巨大的存在作結。這是詩人主觀的看法，而此價值觀或許來自於作者本身的人格特質吧！

在詩人的聚會場合見到魯蛟時，他總是一派的紳士儒雅，喜歡穿吊帶西褲，話不多，卻予人溫和親切的感受。魯蛟曾說因年幼受到傳統家風家教的影響，使他變成一個強烈的秩序主義者，他強力的尊崇和維護諸如大自然定律、自我的良知、社會的道德規範等等，他是個非常講究秩序的人，從他的詩作中，嚴謹的結構及偏愛以排比句法表現等可見一斑。當然魯蛟也深知好的作品靈魂，常來自於非秩序的文字叢林，因此他常謙稱自己的詩因受「秩序概念」的影響，是屬於平淡無奇型的，但從他的作品：「春天起身要走／被陳達一把拉住／陳達起身要走／被琴音一把拉住／琴音起身要走／被春天一把拉住」（〈恆春〉）；「昨夜的清露還在／今晨的泥香猶存／即使再在時間裡埋上千百載／依然脆嫩／依然晶瑩／／至於那猛猛饕餮著的螽斯和青蝗／還是不能去碰的／一碰　就會／跳／走」（〈清‧翠玉白菜〉）。平易的字句之中，卻又營造出如此鮮活新奇的意象，對讀者來說可一點也不平淡。

而魯蛟對於平淡，其實有他自己的看法，他說：「平淡不代表懦弱，我的是非心還是相當強烈的，特別是對於醜陋、邪惡和戰爭。這是我唯一能夠向『秩序』回饋的。」由於少年受戰亂之苦，被迫投身軍旅，歷經槍林彈雨的歲月，魯蛟極端痛恨戰爭的殘酷，悲憫那無辜的犧牲者，他的詩幾乎有十分之一是批判戰爭。「每次戰爭　都會舉出許多理由／只有那些葬身沙場的人／找不出／為什麼在此地躺下的　道理」（〈戰爭〉），他多希望有一天「戰爭這種東西／會乾癟得像塊古董一樣／在字典的某個角落裡／寂寂寞寞的躺臥著」（〈期盼〉）。魯蛟曾在行政院擔任多年的官職，他盡心工作之餘，卻也冷眼於官場的爭鬥、陷阱，以及種種的社會、城鄉現象，而將之化為詩作；他習慣用散文歌頌社會及人類的善良，用詩批判它惡劣的一面。從魯蛟的詩作中可以發現其批判的背後隱藏著的，其實是詩人對世界對人類廣大的關懷與愛。「如果一塊田畦也有父母／他們的名字就叫農夫／如果一座城市也有爹娘／他們的名字就叫工人」（〈給他們一個名分〉）。

魯蛟以本名張騰蛟寫散文，〈諦聽〉、〈溪頭的竹子〉、〈那默默的一群〉等文曾先後被選入國中國文課本，他至今出版散文有十五本，是詩集的五倍，因此一般人認識散文的張騰蛟，想必比認識詩人的魯蛟多吧！卻不知最初魯蛟寫散文是由於那年代的散文過於平白，缺乏文學氣氛，無法滿足他的胃口，於是他將寫詩的技巧作為散文的養分，試著將散文詩化，實驗結果散文大放異彩，光芒不亞於詩作。不管散文或詩，都可看出作為一個文學創作者的魯蛟，在平穩中不斷地自我突破，在秩序中超越秩序的精神，這一點時間可以證明。

時間雖藉一切事物而存在，但或許它本身才是唯一的存在吧！時間是最後的真相。詩人在〈向日葵〉一詩如是說：「我不是追逐太陽啊！而是在／尋找真理」。

夏日窗前聆聽雲遊者的歌唱
——漫讀泰戈爾的《漂鳥集》

一本書穿梭時間三十年，打開泛黃的扉頁，一串串詩句散落在歲月中，當年拾取詩句的手青葱如玉，貼近的眼神夢般迷濛，紅潤的雙唇咀嚼著愛、美與永恆。底頁上寫的日期是一九七九年，那時，我在哪裡？剛脫下白衣黑裙的青澀，尋向和平東路紅磚牆內那一串串陽光般燦黃的阿勃勒花，痴迷仰望的身影，就這樣悄悄夾入泰戈爾的時間詩頁裡——

夏天的漂鳥，到我窗前來唱歌，又飛去了。
秋天的黃葉，沒有歌唱，只嘆息一聲，飄落在那裡。

驀然回首，在飛逝的時光中，我看到翔遊的翅影，自悠邈的雲深處飛來，光亮的羽翼閃爍著絢麗的夢彩，姿態優雅而自在，眼神顧盼之間流露出豐沛的情感與奔放的熱力。牠停在我青翠的窗前，唱著流浪者之歌；隨著那躍動的音符，我自由的想像越過雄偉的峰巒，跨過大海的遼闊，探索明淨蔚藍的真理天空。

許多美好的日子，就像夏日的陽光，在河流激昂的浪花尖上，留下眩人的吻痕。當歌聲漸漸遠去，空寂的窗口只餘一片清朗的月光，由綠轉黃的秋葉，在皎潔銀輝下凝想著曾經如何的蒼翠。而歌總有結束之時，路也有走到盡頭的一日，佇立在秋天曠達的枝頭上，聆聽風中大自然波波傳遞的訊息，等待時間一到，悠然飄落入大地的懷抱，最後那隱約的一聲輕嘆，應是此生已完足的了無遺憾吧！

讓生如夏花之燦麗，
死如秋葉之靜美。

那隱居孟加拉博爾普爾附近的聖地尼克坦（Santiniketan和平鄉或寂鄉），專心於冥想與教育工作的詩人，對生命又下了如此的注腳。而奔流遠去的時光中，這之間心境的轉折，已然從迷人的字句，沉潛入生命的河床。

短短的一生，如何盡情綻放，展現生命所有的熱力與光彩，燦爛如那夏日的花朵呢？

「我的心，從世界的活動中去尋找你的美麗，像帆船的有風與水之優雅。」

「我的心，請靜聽世界的低語，那是他在對你談愛啊！」

「星星不因僅似螢火而怯於出現。」

「生命授與我們，但我們須付出生命才能得到生命。」

這生之花朵的飽滿與豐盈，必須灌注以美的靈感、愛的源泉，奉獻的陽光。而時間之流從不曾稍歇，或停下它的腳步，也沒有任何東西能止住它，金錢、權勢不能，真誠的心靈、美好的笑靨也不能，因此過於回顧與眷戀便會錯失了現在與未來。而賦予生命的意義，便是對今生的珍惜。

「只管向前走吧，不必逗留著去採集鮮花攜帶著，因為鮮花會一路盛開在你的前途。」

「果實的職務很尊貴，花朵的職務很甜美，可是讓我的職務成為葉子的職務，謙遜地奉獻它的濃蔭吧！」

「地下的樹根，並不因為使樹枝滿生果實而需要酬報」

智慧與和平無法誕生於自我與私利，而是來自於真誠的關愛、付出與給予。唯有滴下眉毛上的汗珠，才能真正品嚐收穫的喜悅；唯有無私的愛與奉獻，才能真實感受到生命的溫度與美好。在其中，我們同時也創造了生命與內在真實，而非擁抱虛幻的泡影。

「當我們愛這世界時，我們才住在這世界裡。」

「上帝啊！讓我真實的活著吧，這樣死亡對我就變成真實了。」

「我有空中的星星，／但是，哦！卻想念我室內未點的小燈」

「生命因世界的需要而發現它的財富，因愛的需要而發現它的價值。」

不只此生，在無限的生命裡，生生世世流成了永不停息的恆河，死亡是另一種新生，我們不斷的在生死之間輪轉，不斷的上車下車，猶如一站站的旅程，每一站都可以有新奇的發現，創造出動人的旋律，寫下溫馨感人的詩篇，但它必須藉助於美善的心靈之筆，才能完成。

「我將死了再死的來認識那生命是無盡的。」

「黑夜吻著消失的白日，在他的耳邊低語道：『我是死亡，是你的母親，我正給你新的誕生。』」

「死王像出生一樣，都是屬於生命的。走路須要提起腳來，但也須要放下腳去。」

「葉的誕生與死，都是旋風的急速之轉動，它的廣大圓圈在星座間慢慢地移著。」

有如白天與黑夜之交接，春與冬之更迭，出生與死亡等同意義，就像舉步與放下間不停地輪替，才能走出一條路，連成無盡的生命旅程。因此花開花謝，葉榮葉枯，這生生死死都是必然的規律。在燃燒時，展現光亮的火燄；而燒盡之後，擁著恬然的靜寂而眠。「燃燒的木頭一面噴射著火燄，一面喊道：——『這是我的花，這是我的死。』」這生與死正呼應著麗似夏花，美如秋葉呀！

出生於印度加爾各答的拉賓德拉納・泰戈爾（Rabindranath Tagore 1861-1941），一九一三年以「富於高貴、深遠的靈感，以英語的形式發揮其詩才，並揉合了西歐文學的美麗與清新。」獲得了諾貝爾文學獎，消息傳到聖地尼克坦（Santiniketan）學院時，詩人正帶領學生從林子裡午后散步回來，經過郵局，裡面的辦事員連忙交給他一封電報，泰戈爾若無其事的將它塞入口袋，但辦事員建議他應馬上打開看，學生獲知老師的獲獎無限驕傲地雀躍起來。這一夕，詩人在自家陽台獨處，直至星星開始閃爍，他不解西方國家何以對他的詩文給予如許的評價，這份榮譽絕不屬於渺小的個人，他最後將之歸諸於祖國印度。

「……恆河畔的靜夜裡，響出了使人心和平的言語。在遠遠的蘆葦叢中，蘆笛發出樂音。……愛，洗淨了一切妒恨，也捨棄了其他諸多西歐式的粉飾。它在星星們和藹親切的眼光裡，以溫柔而慎思的口吻向人們傾訴。花香馥郁，是夜來香綻開了花朵。神在看守著全世界。」（摘自昆那・阿爾斯都雷在泰戈爾榮獲諾貝爾文學獎的評審過程一文）

一九一二年泰戈爾旅行至倫敦時，與愛爾蘭詩人威廉・巴特勒・葉慈（Willian Butler Yeats 1865-1939）相逢，葉慈幫助泰氏詩英語方面的雕琢，並介紹給倫敦的藝文界。葉慈曾說他總隨身攜帶著泰戈爾的譯詩，以便隨時隨地翻閱：「恰似在羅瑟第的柳林中散步了一回般，或者做了夢一般，第一次在文學之中聽到了我們的聲音般，重新發現到我們自己的影像，就這些敲動了我們心弦的詩。」

至於那帶著神秘氣氛，留著預言家一般的鬍子，時時保持紋風不動的靜穆與充滿冥思的泰戈爾，對於身為詩人，他說：「詩人的風是吹出去越海穿林來尋求他自己的歌聲。」「渴望著的是在黑暗中覺得，而在白天看不見的那個。」「思想透澈我的心頭，正如群雁掠過天空。我聽見牠們的翼聲。」因而詩人的眼睛總能越過表相，洞悉到生命本質：「你摘取花瓣並未採集著花的美麗。」「生命因失去的愛而更豐富。」「果實啊，你離我多遠？／花啊！我就藏在妳的心裡呢。」詩人認為真理不是盲目的推崇，而是廣泛的接納，在不斷的嘗試錯誤與辯證之中獲得。「如果你對一切怪論深閉固拒，真理也要被關在門外了。」「真理的溪流穿過錯誤之河渠而流出。」「真理激起反對自己的風暴來，便把自己的種子廣播開了。」

山居夏夜，清涼如水，陽台上許多不同種類的蛾，繞著燈光旋飛，多少劫以來緣於習性總不由自主地撲向火光，卻每每招來自焚的命運；此時耳畔彷彿又響起了泰戈爾低吟的聲音：「黑暗趨向光明，但盲目趨向死亡。」整個夏天我在窗前看漫天的羽翼飛動，並幾乎淹沒在牠們的歌聲中——

被召回的飛翔之旅

——讀愛蜜莉・狄金生〈我的繭緊緊裹著〉

關上那一扇門，忙亂喧噪的人間便被阻隔在外，轉身正好被山蒼翠的臂彎接住，陽台上群花列隊相迎，秋蟬、蟲唧和鳥鳴適時奏起了交響曲，大自然打開了門將我迎入。這隱密寧靜的空間，總能穩住浮動的心緒，在沉澱的清明中，內觀心靈曠野，越過那一片探索的荒地，或許盡頭將有所謂永恆的天堂或淨土吧！

如果那是一種信仰，對於三十歲之後，即過著足不出戶的退隱生活，只穿著白色衣服，選擇絕世、純淨為生活基調，全心探索心靈世界與生命奧秘，堅持以寫詩為志業的愛蜜莉・狄金生（Emily Dickinson 1830-1886），無疑的，詩就是她的信仰，她的宗教。藉著詩的文字，她內在強烈的情感、敏銳的知覺，獲得了紓放與安撫。她在給希更生的信這樣寫著：「我垂死的家庭老師告訴我說，但願他能活到我成為詩人，不過死亡後就像群眾一般非我所能駕馭——那時

——以及在更久以後——突然的一束光閃現在果園上，或風帶來一種新意，引起我的注意——我感到一陣無法控制的顫抖——寫詩則僅為釋放這種焦慮——」

愛蜜莉的一位鄰居，曾在一本書上描述小時候常看到她在自家二樓遠眺夕陽的沉醉模樣，那麼專注地像在傾聽遠方游絲般什麼，眼睛越過林樹，望向西空……。愛蜜莉是在感嘆「夏日遠逸／悄然如憂傷離去——／如此纖靜難覺……」或者領悟「凝望夏空／即是詩，它未見於書中——／真正的詩飛逝——」更或者她的眼睛透過黃昏的景象，有更深邃的靈視與思索「那宛如紫丁香的天空／更古老——／西沉的太陽／將這最後的花朵／遺贈給沉思——非供摘取——／這西隅之花／西方為花冠／地球為花萼／子房裡磨亮的種子是星星——」。所謂一花一世界，對愛蜜莉來說，她將更廣袤的宇宙時空濃縮於一朵花中，她雖隱居於一小小家園，但她的心靈世界卻是不受限的寬廣與開放，她探索生死與永恆，深入自然宇宙的神秘之中——

我的繭緊緊裹著——色彩似隱若現——
我摸索尋找空氣——
翅膀所擁有的些許能力
使我目前所穿的衣服見拙——

以繭自喻，必然肯定將有蛻化展翅飛翔的能力，愛蜜莉藉著詩的創作引領自己不斷向內探索，她隱約感知潛藏於心靈深處尚有一未發掘的世界，它不在於可見的現實之中，「『眼睛未曾看見』或僅是／在盲目者間流行／但勿讓啟示／受此說阻止——」。因此這個「繭」，對愛蜜莉來說，或許象徵她對現世生活與心靈探尋無法有所開解與突破。但心靈的曠野仍時有閃現的靈光，她捕捉到那飄忽不定的色彩（或者啟示），以獨特的詩句，藉著節奏波動的氣流，尋找出口，尋找最終的真相。她相信破繭而出時，羽化飛翔的視野，絕非眼前受困的自己所能比擬的。

當隻蝴蝶的能力一定存在——
飛翔的本能暗指
有莊嚴的草地
還有寬闊的天空——

愛蜜莉或許相信人的心靈可以超脫種種的羈絆，而獲得最後的解脫與自由。就像蛹內的蝴蝶，外表看起來是靜止不動的，事實上體內卻正在進行著大革命，牠必須一邊破壞幼蟲時期醜陋的身軀，一邊創造美麗的蝴蝶身軀，同步進行著破壞性與建設性的工作，最後仍須努力掙脫出來始能蛻變成彩蝶。一個不斷自我提昇的靈魂不也如此。因之能夠成為一隻蝴蝶，必然具備了基本能力，亦意味著將有機會找到通往另一世界的密碼。「這世界不是一切。／還有一種世界存於遙遠的彼岸——／不可見，如音樂——／但確定，如聲音——／它召喚，它刁難／哲學——無能知解——」。如果蝴蝶是自由超脫的象徵，那麼莊嚴的草地及寬闊的天空，想必預言著一個寧靜、美好的永恆處所。

是故我得困惑於這個暗示
並解出此一徵兆
同時犯許多的錯誤，看最後能否
抓住神聖的線索——

那是一個超越生死的芳美棲地，只是通往的道路仍似一個謎，對於不斷在錯誤之中、痛苦之中尋索的人，只能以「麻醉劑無法靜止／啃囓靈魂的牙齒——」來形容。為了那暗示、徵兆或神聖的線索，有如在黑暗的繭中，摸索著找尋空氣裡任何幽微的訊息。「無法知道曙光何時來／我打開每一扇門／是如鳥有羽／還是如岸有濤——」這神秘的啟示將以何種形式進行，連詩人都無法確知。

〈我的繭緊緊裹著〉一詩，首尾兩段相互呼應，中間一段則指出一個永生夢想的天堂是可能存在的。至於蛻變成蝶的應是蛹，詩人選用蠶蛹之前的繭，做為象徵，被自己吐的絲層層束縛包裹，或許更能傳達其意念吧！因為阻礙那通往神聖的處所，往往不在於外界，而在於自己的內心。

想起《曠野的聲音》一書，作者瑪洛・摩根（Marlo Morgan），描述她受到召喚，與澳洲原住民「真人部落」穿越澳洲大陸漫遊曠野的心靈之旅。最初她發現他們大部份時間利用心靈感應，互相傳遞訊息（因為說話很容易沉溺在瑣碎、無聊、不具精神內涵的閒談中）。他們傳遞老鷹的提醒給她：「有時候我們太過於相信眼前所見的事物，我們若能超升自己，飛得高些，就能擁有一個更加遼闊的視野。」漫遊途中有次瑪洛被賦予擔任尋找水源的重任，在乾旱荒瘠的曠野，正當她一步步帶領部落的人走向死亡之時，忽然間她有所領悟，心中靈光閃現：「把自己當作水，把自己當作水。當妳能成為水時，妳就會找到水。」於是她集中心意化身成各種水的形象，最後終於找到了水源。這給了我啟示：「把自己當作蝴蝶，當我們能成為蝴蝶時，或許就能找到飛翔的天空」。一八八六年艾蜜莉死前幾天寫給疼愛的兩個表妹的絕筆書，只有簡短的一行：「小表妹們／被召回／艾蜜莉」，對照於她的一生及詩作，這句話頗具有深意——

宇宙裡一朵美麗蓮燈

——讀林徽音〈你是人間的四月天〉及其他

爛漫的陽光金點般遍灑，這裡、那裡地閃亮著，深深的笑意被風收集去，分送給一樹樹輕舞的葉兒，一瓣瓣開啟的嫣紅，傾溢出來的，被一對追逐的紅嘴黑鶇銜住，繞著油桐初醒的紅褐嫩芽穿梭嬉戲，其餘的兜不住，紛紛掉落入層巒疊翠正舒展的美夢裡——

我說你是人間的四月天；
笑響點亮了四面風；輕靈
在春的光艷中交舞著變。

如果四季的嬗遞意味著生命歷程，那麼春天就像個可人的小娃兒，粉紅的雙頰、銀鈴的笑聲、純真的稚語、明亮的眼神……空氣中充滿了繽紛的色彩與想像，在瞬息萬變的光閃中，你是一切美好與憧憬的象徵。

你是四月早天裡的雲煙，
黃昏吹著風的軟，星子在
無意中閃，細雨點灑在花前。

擁你在懷裡，就像擁抱飄遊在四月澄藍天空裡，那光柔的雲兒，婀娜的輕煙，像黃昏吹來一陣陣徐緩的風；你眼中閃動的瑩澈光芒，媲美夜空裡最燦爛的星子，或者灑落花瓣上晶亮的雨珠。

那輕，那娉婷，你是，鮮妍
百花的冠冕你戴著，你是
天真，莊嚴，你是夜夜的月圓。

你是春的孩子，你就是春天，輕巧柔美而光采紛呈，頭戴著百花盈盈地向我走來，天真爛漫中，又展現生命無上的莊嚴，你是夜夜我擁抱著的一個幸福、美滿的夢。

> 雪化後那片鵝黃，你像；新鮮
> 初放芽的綠，你是；柔嫩喜悅
> 水光浮動著你夢期待中的白蓮。

看過雪融之後流成的春之樂章嗎？一寸寸鋪展開來的生命躍動，揮灑出鮮亮的鵝黃，柔嫩的芽綠，如你。你是浮動於初旅春水光影中的夢，一朵純潔無瑕的白蓮，欣喜地期待它在你生命之河上一路綻放。

> 你是一樹一樹的花開，是燕
> 在樑間呢喃，——你是愛，是暖，
> 是希望，你是人間的四月天！

那蓬勃的生機，那美麗的盛放，那清脆婉轉的歌唱，你是人間最美好的季節，帶來了愛、溫暖與希望。

〈你是人間的四月天〉一詩，意象靈動清新，節奏流暢輕快，並具韻律性的鋪陳，有早期新月派的詩風，卻又表現得極為不俗。此詩發表於一九三四年，據說是林徽音為當時年僅兩歲的兒子所寫的。

一般提到林徽音常緣於徐志摩之故，且侷限於兩人的愛情故事，鮮少注意到她在文學及建築專業上的成就；當然在文學的審美觀、作品風格乃至詩的格律，她確曾深受徐志摩的啟迪和影響。一九二一年林徽音自英國回來，便開始試著寫詩，但直至一九三一年以後她才有大量的作品發表，持續到一九三七年抗戰開始，這段時間是她的創作高峰期，除了詩之外，尚有小說、散文和劇本的創作，並很快地受到文壇的矚目，活躍於各種文學活動中。這時期的詩風婉約閒逸，頗為靈秀清麗：

「那一天我要跨上帶羽翼的箭，／望著你花園裡射一個滿弦。／那一天你要聽到鳥般的歌唱，／那便是我靜候著你的讚賞。／那一天你要看到凌亂的花影，／那便是我私闖入

當年的邊境！」（〈那一晚〉，一九三一）

「記憶的梗上，誰不有／兩三朵娉婷，披著情緒的花／無名的展開／野荷的香馥，／每一瓣靜處的月明。」（〈記憶〉，一九三六）

「四下裡香深，／低覆著禪寂，／間或游絲似的搖移；／悠忽一重影；／悲哀或不悲哀／全是無名，／一閃娉婷。」（〈晝夢〉，一九三六）

「你又學葉葉的書篇隨風吹展，／揭示你的每一個深思；／每一角心境，／你的眼睛望著，我不斷的在說話：／我卻仍然沒有回答，一片的沉靜／永遠守住我的魂靈。」（〈仍然〉，一九三一）

「你問黑夜要回／那一句話——你仍得相信／山谷中留著／有那回音！」（〈別丟掉〉，一九三二）

對於時間及生命，林徽音也自有其深刻的觀察和體會：

「……雖說千萬年在她掌握中操縱／她不曾遺忘一絲毫髮的卑微。／難怪她笑永恆是人們造的謊／來撫慰戀愛的消失，死亡的痛。／但誰又能參透這幻化的輪迴，／誰又大膽

的愛過這偉大的變幻？」（〈誰愛這不息的變幻〉，一九三一）

「秋天的驕傲是果實，／不是萌芽，——生命不容你／不獻出你積累的馨芳；／交出受過光熱的每一層顏色；／點點瀝盡你最難堪的酸愴。……」（〈秋天，這秋天〉，一九三三）

林徽音是徐志摩一生中最傾心繫念的人，在作為一個詩人上，他們雖有許多相似的地方，但基本性格上卻是有所不同的。徐志摩一生追求愛、自由與美，為了這浪漫的精神追求，他像撲火的飛蛾般不顧一切，他更像一團熊熊燃燒的火，許是宿命，因而也快速的燒盡；林徽音則是感性中卻又不失理性的人，她在寫給沈從文的信裡提及：「任性到損害旁人時，如果你不忍，你就根本辦不到任性的事」，她的聰慧讓她對週遭一切觀察敏銳入微，她深知徐志摩傾心於自己，她或許也喜歡對方，卻不因此而感情用事；她後來曾分析這一段感情，她認為徐志摩愛的並不是真正的她，而是他用詩人的浪漫情緒想像出來的林徽音，她很清楚知道自己並不是他心中所想的那個人。由此可看出兩人的性格差異。一九二九年在北京見面時兩人已各自婚嫁，此時徐志摩對林徽音的情感因當時境遇，已從浪漫的幻想轉而沉著、深化了，他的〈偶然〉與〈你去〉二詩都是寫給林徽音的，〈偶然〉大家耳熟能詳，〈你去〉則較鮮為人知：

「你去，我也走了，我們在此分手；／你上那一條大路，你放心走，／你看那街燈一直亮到天邊，／你只消跟從這光明的直線！／你先走，我站在此地望著你：／放輕些腳步，別教灰塵揚起，／我要認清你遠去的身影，／直到距離使我認你不分明。／再不然，我就叫響你的名字，／不斷的提醒你，有我在這裡……」

詩最後將林徽音比喻為永遠照徹心底的那顆不夜明珠。此詩寫於一九三一年七夕，這年十一月徐志摩即因飛機失事而逝世。由詩中可見深情依舊，對林徽音卻有更多的祝福。

相較於文學，林徽音花更多的時間、心力在建築專業上，少女時她對建築藝術產生了興趣，當時中國學校尚未設立此科系，一九二四年她與梁思成同時進入美國賓夕法尼亞大學就讀，因該校建築系不收女生，林徽音只好改入美術系，但選修的都是建築系的課程，梁思成獲建築系碩士後，又入哈佛大學研究美術史，她則到耶魯大學戲劇學院學舞台美術。林徽音選擇梁思成為終身伴侶，除了志趣相同外，彼此在古建築研究和理想上更是非常契合的搭檔。在美國攻讀建築學期間，讀的是歐洲建築史，舉凡古希臘、羅馬建築的遺蹟，西歐哥德式、洛可可式的宮宇教堂……皆有詳盡的記載和分析，而中國建築，那古樸的寺廟、輝煌的宮殿，在西方建築界眼中卻像是不存在一般，找相關資料甚至得到日本學者的著作中去尋找，這激發他們研究、撰寫中國古代建築的志願。一九二八年回國至一九三七年抗戰開始，林徽音多次和梁思成等人在中國廣大地區進行野外調查和實測。

做為一個古建築學家，林徽音把科學、哲思及文學融於一身，因此她所寫的學術報告獨具一格，在她眼裡「無論哪一個巍峨的古城樓，或一角傾頹的殿基的靈魂裡，無形中都在訴說，乃至於歌唱，時間上漫不可信的變遷；由溫雅的兒女佳話，到流血成渠的殺戮。他們所給的『意』是『詩』與『畫』的」。（《平郊建築雜錄》）為此林徽音創造了「建築意」一詞，對她來說古建築除了技術與美的結合之外，且是歷史與人情的凝聚；一處半圮的古剎常會帶給她深邃的哲理與美感的啟示；建築界老一輩曾感嘆，林徽音那樣的學術文字，以後再也沒有人能寫了。抗戰時期，林徽音退居大後方，在艱苦環境和疾病的折磨下，幫梁思成反覆修改，終於完成《中國建築史》的初稿和英文撰寫的《中國建築史圖錄》稿，實現學生時代所懷的學術宿願。一九四九至一九五五年是林徽音真正有機會施展才華的時期，她參與國徽的設計、改造傳統的景泰藍、參加天安門人民英雄紀念碑的設計，並為建築系研究生開住宅設計和建築史方面的講座等等，然而長期肺疾一直纏著她，耗盡了生命最後的光與熱，遂於一九五五年四月辭世。

今在北京八寶山革命烈士陵園一僻靜角落，有一座石墓，墓碑上的姓名被毀於文革，只留下一方缺損倖存的漢白玉，上面鐫刻富有民族韻味，豐美秀麗的花圈，此雕飾花圈原為天安門人民英雄紀念碑而設計的，被移放於此是為了紀念它的創作者，女建築學家和詩人——林徽音。

「如果我的心是一朵蓮花，／正中擎出一枝點亮的蠟，／熒熒雖則單是那一剪光，／我也要它驕傲的捧出輝煌。」（〈蓮燈〉，一九三二）

被譽為一代才女，具有多方面才華的林徽音，在她五十一年的歲月裡，我們看到這朵美麗的蓮燈，堅執的光亮與璀燦。

穿越相思林的紫色飛鳥
——讀孟芳竹〈眺望流水的盡頭〉

盛夏午后，熾烈的陽光隱在厚厚的雲層裡，遠處有轟隆轟隆的雷響，打在波波高昂的蟬嘶浪尖上——而我正沿著深情的詩句漫行，想那女子，如何燃燒指間的青春，試圖在親近的掌紋，尋找命運的歸路，點亮幽藍的季節，逆風飛舞，只為了一個永恆之約，一再地淋濕羽翼，讓守候的花朵困在雨水之中……如果注定飛翔，必然有破蛹的能力。驀然抬頭，見到一束光，照亮了山谷，一隻鳥拍動著潔白的翅膀自我眼前飛過——

當所有的道路被一一走遍
秋風也翻過了最高的山脈
樸素的靈魂依然是含月的水晶

最初的閃爍懸掛至今
誰能領悟　這簡潔而端莊的光芒

這生命的智慧，總得一步一腳印的去證悟。徘徊在金箔般的落葉上，滿地碎響，令人沉溺悲鳴，低迴不已，直至聽出那原是生滅的偈語，拭去了最後一滴淚，秋風終於一躍翻過歲月崢嶸的山頭遠去了——回首那煙籠霧漫的來時路，瑩閃皎亮的一片真心如月，依舊高懸，未改初衷，只是這般玉潔冰清，不染纖塵的光芒，誰能夠真正領會、珍藏。

一天或是滄海桑田
一個微笑或是所有的花開
從風化的傳說到神性的頌詞
遠途的鴿子　風雨兼程
揹著小小的相思燈籠

什麼是短暫？什麼是永恆？「生命長得只是一瞬／世界大得只是一步之遙／而走不出的卻

是一寸目光」，一天可以是一生的牽掛，而滄海桑田也只是瞬即之間而已；一朵小小的微笑，有時等同於所有的花開；前世今生，千劫流轉，從一則久遠的傳說到領受神賜的恩寵。揹著小小相思燈，穿過風雨，遠程歸來，這是何其曲折的一段路啊！

已過抒情的季節　雨還在傾訴
少女們的讚美詩從對岸傳來
誰會淚流滿面　無羽而翔
將聖潔的燭火送回天堂
將純潔的月光灑滿故鄉

走過了風花雪月的季節，走在靜謐的路上，仰起臉何以仍被暗暗飄下的雨絲濡濕，「當往事的情節變成一剪燭火／尖銳的火焰閃著冥界的光芒／看她默默地流淚並一點點坐化／我祈禱的心迴盪著一種旋律」，不再淚流滿面，愛情精靈失去了羽翼如何飛翔？就讓它回到最初最美好的地方。此時「少女們的合唱從對岸傳來／含笑的祝福濃縮成一個字」「靈魂綴滿星辰的羽毛／讓我高高的飛翔吧／高過教堂的尖頂」；生命開始溯回那一片成長的故鄉，將孺慕般最純潔的思念啊！如銀亮的光輝遍灑——

黃昏在一頁詩行裏一暗再暗
眺望流水的盡頭
才發現　我多憂思的心靈
貼近上天的恩澤也貼近故鄉
而尋找是我一生最痛的命運

曾經傾盡生命的熱度，那燃燒灼亮的詩行，隨著時間的推移而逐漸暗淡下來。站在岸邊，眺望一路蜿蜒行來的流水，映著四季的風景，多少星夢幻蝶，多少雨花風葉，漂行其上，竟顯得如此地虛幻。長久憂思的心終於明白，最真實的慰藉來自於宗教的信仰與根生的故園，而此生最深切的痛，卻是來自於對愛情宿命的尋索。

首次見到孟芳竹是在一九九六年的瀋陽，一個活潑、慧黠而美麗的女子，卻因為一次的緣遇，從此純真、深情的守候著她的愛情，即使一九九八年她移民紐西蘭之後，仍一往情深陷在遠距離的愛戀之中——

「有什麼可以讓我遠離／這寄生四季花草的夢境／這從睫羽間吹過來的風／只想告訴你／樹葉綠得太快／我失去了擁抱春天的機會」（〈從風的中間吹過〉）

「多少次我走出家門／一遍遍向春天眺望／片片的紅帆悠揚著海洋／我豐滿的心樸素著熱愛」（〈愛情將走過秋天〉）

「我的叮嚀是開在每一寸歲月上的花朵／我絕不會讓思念的火焰黯淡」（〈愛情將走過秋天〉）

「太多一個人的時候／身上長滿了歲月的青苔／迴旋的空氣凝固成一座山／在向陽的山坡上種一棵樹／在山的另一面蓄積淚水」（〈一個人的時候〉）

「在你到達之前　我將縷縷地／燃燒自己在細小的火焰上／一陣煙和呼吸一樣透明／是握不住的飄散」（〈心塵舊事〉）

「哪一種情境更接近離別／那伸出右手搭救於你／又用左手與你道別的人／為什麼會在音樂的水面遁逝／那雨絲一樣的戀情又遺落了哪裡」（〈今夜　讓我在懷念中睡去〉）

「在燈下　我一針針地縫補時光／才發現　我在以憂傷的速度老去」（〈微涼的九

月〉）

「是不是地越老　天越長／最深情的傾訴是最無言的守望／與我永恆相約的有情人／不要問此生是緣還是劫」（〈永恆之約〉）

孟芳竹的詩句婉美而意象清奇，姑且不論這一段感情的追求是否值得，因為距離與求不得之間，往往會加入太多個人唯美、浪漫的幻想，而無視於事實的真相。但在痛苦與孤獨的淬鍊下，她的詩藝更精進，心智更成熟了。

「翡翠的樹閃著永恆的光芒／幽藍幽藍的海講述著久遠的傳說／我攤開的手掌落滿聖人的話語／／當吟唱著的黃昏掠過死亡的陰影／當墓地的花朵閃過嬰兒的笑靨／我紫色的飛鳥呀它在預言中穿行」

欣見孟芳竹逐漸從悒鬱的愛戀中走出，為自己開拓更寬廣的寫作世界，以她的靈巧蕙質及語言天份，深刻而風格獨具的作品，如紫色飛鳥是可以預期的——

在歲月的雪箋上筆歌墨舞

——讀謝勳〈無常的美學〉

山居窗前，有一棵不知名枯死已久的樹，與繁茂的油桐比鄰而立。求美心切的朋友來此見到了枯樹，皺了皺眉說：「應該趕快叫人把枯木砍除！」我沉默以答。對我來說滿山蒼翠之中，那一棵灰白伸展著乾癟枝椏如指的枯木，總時時引我注目，它像個驚歎句！日日警醒著我。

蒼古的深山中
過客的青苔
悄悄投宿在
一塊與時間平起平坐
長滿皺紋的岩石邊

時間的衣袂飄過如風消隱，但總有些蛛絲馬跡可尋，也許在一聲秋唧之中，也許在萎落的香泥裡，也許在風雨刻鏤的眉眼間——於是深山中那歷經千劫，每一道刻紋深處都藏著一則風雨故事的古老岩石，被不經意駐足的一點新綠所攀緣，終致掩覆，分不清是青苔或者是老石？

綠波的荒原上
枯乾的裂痕
隨意地爬滿
一隻孤獨斜倚的木柵
款款滲出絲絲的空無

或者遼闊的原野上，曾經奼紫千紅，蝶飛蜂舞，充滿了笑語與逐夢的身影；曾幾何時，波波綠浪間盡是荒煙漫草，圈住幸福的木柵已然破敗傾斜，有如一隻孤獨的獸，空茫的眼神流過散逝的煙影。

深深的庭院裡
秋楓燃燒成朵朵的晚霞
披著一生的輝煌
縱身躍下
化作明年的春泥

所有的燦艷，所有的輝煌，終究無法長留。院落深靜，恍若時光的背景，益加襯托出霞飛的楓紅，絢麗躍動的身影。然而熱情終有燃盡之時，當朔風走過，滿地殘敗裡翻尋那曾經火紅的詩句，早已被解構復原成沉默的大地，等待另一棵種子的甦醒——

歲月，陽光風和雨
不經心地
完成了
遍地皆是
無常自在的美

這世界該怎麼說，光飛揚地向我奔來，又悄然引退；鼓聲如脈動，近了又遠；繽紛的顏彩如花似雨，灑落夢土，醒時卻又消逝無痕——物換星移，皆是過客，無一久留，卻又因此無常，而更顯其存在的珍貴與美好。

謝勳，一個化工博士，在美國留學、工作三十年，退休後，決定多用右腦做一些事，於是悠遊於寫作、翻譯、書法及水彩畫作上而樂此不疲，並從其中展露他另一方面的才華，而他累積的成就來自於他的凡事投入、認真的態度。記得二〇〇九年秋水同仁每年一度的春遊，適逢謝勳返台探母遂得以同行；此趟中部之旅，因緣俱足，受「醋王之家」董事長李錦多先生的盛情邀約，參訪群山環繞、山泉潺湲位於山麓邊的釀醋工廠，並夜宿其旁的招待所。此行讓我們對釀醋，從材料到過程有了更深入的了解，真是大開眼界、受益良多。離開埔里驅車前往鹿港途中，一路勤做筆記的謝勳，已在車上寫成了〈養生醋〉一詩：「流自萬年的山之泉／邂逅小麥糯米的樸真／在古甕裡度過／封密的春去秋來／讓歲月隱隱發酵……」引起同仁們的讚賞、傳閱。這就是謝勳，從事藝文創作仍一本學者的研究精神，對生活中的所見所聞充滿了好奇和學習的熱情，而歲月的歷練與務實誠懇的性格，使他筆下的文字平實而有味。

謝勳對身邊的人或物，時時自然地流露出樸實動人的深情：

「那年／你的魚尾紋上了頭條新聞／嘟著嘴問：／兒子的爸／你為什麼愛我？／我若有其事地說／愛是沒有答案的許諾」（〈愛一路走來〉）

「兒子啊／從跌撞中爬起／那是人生的遊戲／記得／照顧好自己的心／不管是晴／是陰」（〈離別〉）

「當我們目送／臨終關懷的卡車／載著你離去／那些開開關關的記憶／開始縮小模糊／就像逐漸流失的／生活點滴」（〈冰箱〉）

其寫作的題材主要來自於他的生活內容，舉凡旅遊各地的所見所感，平常日子裡的點點滴滴，細心的謝勳隨手拈來皆可入詩，如：

「光，踩著貓的步子／從天窗潛入／撕裂了／空間的跋扈／輕輕搖醒了／黑白的墨彩」（〈貝聿銘的蘇州記憶〉）

「一山繁茂的常綠／颯颯聲中／抖落得松針滿地」（〈理髮九行〉）

「為你量身裁製／以青春的風姿／填補／歲月缺口的牆垣」（〈假牙〉）

「那一對凝視大千世界／通往心靈的水晶球／已不再形變自如／而前景也不復可讀」（〈老花眼〉）

「植存在生命層疊的草坪裡／／聽潺潺流水的開示／你沒有碑文的一生／化作歲來歲往的春泥／讓世世代代的朝露，輕撫／這一方宿命的塵土」（〈植存〉）

「把天地的悠悠／舒展為／雄渾的隸風／把人世間的糾纏／揮灑成／右軍的行雲／再把胸中的波濤／舞弄出／懷素的狂草」（〈筆歌墨舞〉）

「塵念消散／如晨霧／和著經書／字字的流轉，擎起／一管輕安自在的筆／留下不慍不火的蹤跡」（〈抄經〉）

昔日台大校園裡的青衿，也曾有過書寫的夢；今日歇居於美西舊金山，髮上飄著微雪的謝勳，再度拾筆續夢寫（詩）：「一朵朵／白日夢／浮沉在，字裡行間／虛實交錯／淡淡勾勒的／欲言又止的／完成於，意象的分岔／路口」。青絲白首歲月無常，然而悠遊於詩文書畫天地裡的謝勳，彷彿穿越時光找回年輕的心，充滿熱情且從容自在地一任筆歌墨舞——

後記

誰站在時間的河岸上，撿拾閃爍的光之石，輕輕地擲出，光石在水面上接二連三的留下了吻痕——於是詩甦醒，開始了它的旅行。

四月多風，從峰頂沿著山谷呼嘯而過，和著雨後激昂的溪水聲，掀濤翻浪地，整晚夢在飄搖中。那株油桐於路燈的映照下，淡黃色樹身，伸展的枝椏顯得格外地清晰，高挺而優雅地佇立在深夜裡，遠眺青朗天色剪影層巒山形，我彷彿聽到行吟詩人的歌聲。

獨倚高樓，看著白天山風依舊翻搖群樹，由近而遠，由遠而近，嘩啦嘩啦的聲響，無非都是時光奔逐的跫音。有些心情是再也回不來了，在生命的每一個驛站，人在改變，詩在流轉——

《詩在旅途中》一書，收錄自二〇〇三年春至二〇一一年冬，九年之間在《秋水詩刊》發表的「詩語飛翔」專欄文章，原本設定以輕鬆的方式來品讀一首詩，藉著文字線索，自由不拘地參與一首詩的過程；然而一路寫來，隨著閱讀的內容及心境的轉換，從一首詩出發，更而逐漸涉及對於一個詩人，以及其書寫題材與風格的探索。歲月沙沙地自紙間流走，這期間，有些詩人已然如落花飄零了。至於當年讀詩的心情與今日讀詩的體會亦應有所不同吧！

人在旅途中，因而詩也在旅途中。

感謝文壇前輩魯蛟老師，慨然允諾為我寫序，相識二十年親切而儒雅的他一直是我極為敬佩的人；也感謝《秋水》主編涂靜怡大姐給了我這個專欄園地，讓一向任性疏懶的我為了不負所任，竟不知不覺地寫出了一本書；更謝謝秀威出版社的宋政坤先生，因為他的知遇，這本書才得以如此優美地問世。

總是回首時才驚覺，時光飛逝如風，自筆下指間一溜煙，便了無形蹤；唯一可堪安慰的是，這一路上有詩為伴，在飄流的生之河上，記取了那擦身而過所留下的美麗烙印——

琹川　於花園新城

釀文學101　PG0789

詩在旅途中

——詩語飛翔

作　　者　琹　川
責任編輯　黃姣潔
圖文排版　鄭佳雯
封面設計　陳佩蓉

出版策劃　釀出版
製作發行　秀威資訊科技股份有限公司
114 台北市內湖區瑞光路76巷65號1樓
電話：+886-2-2796-3638　傳真：+886-2-2796-1377
服務信箱：service@showwe.com.tw
http://www.showwe.com.tw
郵政劃撥　19563868　戶名：秀威資訊科技股份有限公司
展售門市　國家書店【松江門市】
104 台北市中山區松江路209號1樓
電話：+886-2-2518-0207　傳真：+886-2-2518-0778
網路訂購　秀威網路書店：http://www.bodbooks.com.tw
國家網路書店：http://www.govbooks.com.tw
法律顧問　毛國樑　律師
總 經 銷　聯合發行股份有限公司
231新北市新店區寶橋路235巷6弄6號4F
電話：+886-2-2917-8022　傳真：+886-2-2915-6275

出版日期　2012年7月　BOD一版
定　　價　260元

Printed in Taiwan

國家圖書館出版品預行編目

詩在旅途中：詩語飛翔 / 栞川著. -- 一版. -- 臺北市：
醸出版, 2012.07
面； 公分. -- (醸文學；PG0789)
BOD版
ISBN 978-986-5976-47-7 (平裝)
1.詩評

812.18 101011510

讀者回函卡

感謝您購買本書，為提升服務品質，請填妥以下資料，將讀者回函卡直接寄回或傳真本公司，收到您的寶貴意見後，我們會收藏記錄及檢討，謝謝！如您需要了解本公司最新出版書目、購書優惠或企劃活動，歡迎您上網查詢或下載相關資料：http:// www.showwe.com.tw

您購買的書名：______________________________

出生日期：________年________月________日

學歷：□高中（含）以下　□大專　□研究所（含）以上

職業：□製造業　□金融業　□資訊業　□軍警　□傳播業　□自由業

□服務業　□公務員　□教職　□學生　□家管　□其它_____

購書地點：□網路書店　□實體書店　□書展　□郵購　□贈閱　□其他

您從何得知本書的消息？

□網路書店　□實體書店　□網路搜尋　□電子報　□書訊　□雜誌

□傳播媒體　□親友推薦　□網站推薦　□部落格　□其他__________

您對本書的評價：（請填代號　1.非常滿意　2.滿意　3.尚可　4.再改進）

封面設計____　版面編排____　內容____　文／譯筆____　價格____

讀完書後您覺得：

□很有收穫　□有收穫　□收穫不多　□沒收穫

對我們的建議：______________________________

____

____

____

請貼
郵票

11466
台北市內湖區瑞光路 76 巷 65 號 1 樓
秀威資訊科技股份有限公司 收
BOD 數位出版事業部

（請沿線對折寄回，謝謝！）

姓　名：＿＿＿＿＿＿＿　年齡：＿＿＿＿　性別：□女　□男

郵遞區號：□□□□□

地　址：＿＿＿＿＿＿＿＿＿＿＿＿＿＿＿

聯絡電話：(日)＿＿＿＿＿＿＿＿(夜)＿＿＿＿＿＿＿＿

E-mail：＿＿＿＿＿＿＿＿＿＿＿＿＿＿＿